小説…JUMP j BOOKS
ラーメン赤猫
本日も接客一番!
ラーメン
No photo
店内撮影禁止
アンギャマン
郁島青典

ラーメン赤猫

本日も接客一番!

登場人物紹介

ラーメン赤猫の店長やってます
文蔵《ぶんぞう》いいます

文蔵

「ラーメン赤猫」の店長。先代の味を引き継ぎ、店をオープン。職人気質で常に味の研究をしている。

このボクです!!
ラーメン赤猫
CEO

佐々木

接客、レジ、経理担当。お店の経営者でもある。落ち着いた性格。

あっあの わたっ私っ
めんっ面接に きっ来ましたっ!

皿洗い中は黒子の姿に。

社 珠子

「ラーメン赤猫」唯一の人間。猫のブラッシングや皿洗いなどを担当。猫より犬派。

ハナ

接客担当。
お店のアイドル的存在。仕事には厳しい。

クリシュナ

製麺担当。
トラの女の子。
ホラー映画が苦手。

ジュエル

接客担当。
猫のホストクラブを作りたい。

サブ

サイドメニューの料理やラーメンの盛付を担当。
ゲームの腕はプロ級。

ラーメン赤猫

本日も接客一番！

MENU

目次

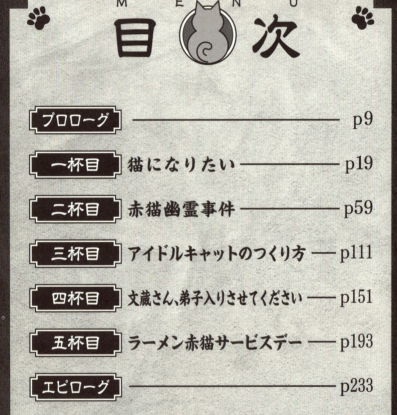

プロローグ

男がその通りを歩いたのは、単なる偶然だった。

ちょうど少し前の健康診断で「簡単な運動として、会社帰りに最寄りの一駅前で降りて歩いてみたら」と言われた。気まぐれにそれを実行してみることにしたのである。

この辺《あた》りの通りにはこんな店があるのか。

近所なのに知らなかったな。

たまにはこういうのも、新たな発見があるもんだ。

そんな感想を抱きながら、暗い夜道を建物の看板を眺めつつ歩く。

「お?」

ふと男は顔を上げて、ひくひくと鼻を動かした。風に乗って、どこからか微《かす》かに良い匂《にお》いがしてくる。

カレーや焼き魚の匂いほど強くはない。しかしなんとも美味《うま》そうな匂いである。

それに吸い寄せられるように風上へと歩いていった男は、とうとうその出どころを見つけた。

プロローグ

「ラーメン……赤猫《あかねこ》？」

店名を読み上げる男の目の前で、青いのれんが風にはためいた。

ちょうど、ガラリと引き戸が開く。

「ありあとやっしたー！」

「ごちそうさまでしたー」

元気のいいスタッフの声と、会計を終えた客の声。

中から出てきた壮年のサラリーマンとぶつかりそうになり、男は一歩後ろに下がった。

「おっと。すみません」

「ああ、すみません。どうぞ」

「あ、いや、俺は……」

店に入ろうとしていたと勘違いされたらしい。出てきたばかりの客に道を譲られて、男は戸惑《とまど》った。

——でも、せっかくだし、これも何かの縁か。

先ほどから漂ってきている美味そうな匂いは、もう充分に男の胃袋を刺激している。

このまま帰るにしても、途中のコンビニで適当に買ったものを夕食にすることになる。

それならばちょっと寄り道をして、ラーメン一杯食べて帰るのもいいではないか。

男は先に出てきた客に会釈《えしやく》をし、開けっぱなしの引き戸から中に入った。


「イラッシャセー！」

威勢のいい挨拶《あいさつ》が聞こえて、男はカウンター越しに調理場を見た。

しかしそこに人影はない。

代わりにあったのは、ラーメン屋の大将風に頭にタオルを巻いた一匹の茶トラ猫の背中。

そしてどんぶりを持った黒猫であった。

「え？　猫……？」

入り口に立ち尽くして固まっている男の足元に、今度は白い猫が駆けてくる。

「いらっしゃいませにゃ〜ん！　お客さま〜、お一人さまでよろしいですにゃん？」

「あ、あの、ハイ。そうですね……」

「こちらの席へどうぞ〜！」

可愛《かわい》らしい声と愛くるしい笑顔の白猫に案内されるまま、男は店の中へと歩みを進めた。

一つ空《あ》いたカウンター席に腰掛けると、白猫はニッコリ笑う。

「お水お持ちするので、少々お待ちくださいにゃ〜ん」

「ありがとうございます……」

プロローグ

ひょっとして夢でも見ているのだろうか——と男は思った。

店内では案内してくれた白猫以外にも、何匹か猫が働いているようだ。顔立ちや模様はさまざまで、皆比較的大きい種類の猫のようだが、どの子も可愛い。

一日の終わりに目にするには本当に癒される空間だ。

ただ、それにしても人間はいないのだろうか。

そう思いつつ前を向いた男は、猫耳のついた黒子《くろこ》が洗い物をしているのを目撃した。

「あ……」

その人は黒い布で顔を隠していたが、なんとなく目が合ってしまった気がしてサッと目を逸《そ》らす。

けれどもすぐにその方が失礼な気がして、男は洗い場の黒子に向かって軽く頭を下げた。するとぺこりと遠慮がちな会釈が返ってくる。

「お水とおしぼりお持ちしましたにゃ～ん」

先ほどと同じ白猫が、トレーにコップとおしぼりを載せて戻ってくる。器用に前足でトレーを持っているその姿には、安定感があった。

「ありがとうございます。ええと……」

「ハイ。ご注文お決まりですか～?」

「いや、そうではなくて。このお店は……」

「ああ！」

白猫は男の意図を察すると、にこやかに説明した。

「当店は猫のラーメン店ですにゃん。仕入れから仕込み、盛り付けまで、すべて猫がやっておりますにゃ～ん！」

「へぇえ……」

そんな店があるのか、と男は今初めて認識した。

「よく知らないのに入ってしまってすみません」

「いえいえ！　当店にお越しいただけて嬉しいにゃん！」

白猫は目を細めて笑う。

その姿がなんとも愛らしくて、男は思わず「かわいい……」とこぼしていた。

すると、キランと白猫の目が輝く。

「にゃ？」

きゅるきゅるしたつぶらな瞳をこちらに向けてくる白猫。

あざとい。実にあざといのだが、己《おのれ》の可愛らしさを存分に引き出しているその姿に釘付けになってしまう。完敗だ。

プロローグ

男はそれをごまかすように、咳払《せきばら》いを一つした。

「こ、コホン。あの、一番人気のラーメンってどれですか」

「は～い。一番人気はこちら、赤猫しょうゆラーメンですね～」

しょうゆラーメンと聞いた男は最初、シンプルなメニューを思い浮かべた。

しかし白猫に見せられたスマホの画面に映し出されていたのは、男の想像よりもさらに魅力的な見た目のラーメンだった。

澄んだしょうゆベースのスープは予想通りだが、その上に載せられているトッピングが目を引く。

炒《いた》める一手間を加えた野菜と鴨肉《かもにく》のチャーシューは充分に食《た》べ応《ごた》えがありそうだし、肉球の柄《がら》のついた海苔《のり》はいかにも『猫のラーメン屋』らしい。

「じゃあ、それを一つ」

「かしこまりました～」

男が注文すると、白猫は調理場へ向け大きな声でオーダーを通した。

「しょうゆ1でーす！」

「にゃー！」

すぐに厨房《ちゅうぼう》の猫たちから応じるような鳴き声が返る。

何もかもが初めて見る世界で、男は呆気《あっけ》に取られた。

「猫ちゃ〜ん！」

小さな子どものはしゃぐ声がして、男は思わずそちらを見た。

テーブル席に座る家族連れ。まだ小学校に上がるか上がらないかぐらいの幼い女の子が、他の席にラーメンを運んでいるハチワレ猫に手を伸ばしている。

「猫ちゃん、おいでー！」

「こら、猫さんたちはお仕事中なんだから。邪魔しちゃダメでしょ」

「えーっ」

母親に叱《しか》られて、女の子は口を尖《とが》らせる。

子どもからすれば好奇心で触《さわ》りたくなるよな、と男は思った。しかし接客する側からすれば、きっとたまったものじゃないだろう。大変だな、と——。

すると、注文のラーメンを届け終えたハチワレ猫が、くるりと引き返しざまに女の子に穏やかに声をかけた。

「もうすぐラーメンできるから、待っててね〜」

反応をもらえた女の子の瞳が、きらきらと輝く。

声をかけたハチワレ猫の方も、まったく気分を害した風ではなく、むしろニコニコしているように見えた。

感心する男の目に、壁に書かれた大きな文字が映る。


接客一番。


店のモットーだろうか。

確かに先ほどの白猫も、今のハチワレ猫も、その標語の通りの見事な接客だ。見渡せば客たちは皆笑顔で、和《なご》やかな空気が店内に満ちている。

「赤猫しょうゆ、おまちどー！」

黒猫が男の前にラーメンを運んできた。実物は、写真よりもさらに美味そうに見えた。

「いただきます」

まずはそのまま麺《めん》を啜《すす》り、男は驚いた。

トッピングもユニークだったが、麺に絡《から》むスープも想像したしょうゆラーメンとは違う。独特だが優しい味わいだ。

もちろんトッピング自体も、見た目を賑《にぎ》わせるだけではない。

つややかな鴨肉に箸《はし》を伸ばし口に運べば、つけダレだけではない肉の旨《うま》みが噛《か》むたび染み出してくる。

　メンマと煮卵も自家製だろうか、味が染みて弾力も良い。

　ぴりっと花椒《ホアジャオ》の効いた炒《いた》め野菜も、よいアクセントになっている。

「うまい……」

　これはいい店を見つけた、と男は確信した。

　間違いなくいい店だ。こんなにも和やかな雰囲気で、こんなにも穏やかな気持ちで食事ができ、なおかつラーメンはとても美味い。

　また来よう。

　今度は周りの誰かを誘ってくるのもいいだろう。この素敵な店を独り占めしておくのはもったいない。

　食べ進めながら男は、そんなことを考えた。

一杯目

猫になりたい

猫が営むラーメン店こと、『ラーメン赤猫《あかねこ》』は現在宣伝を一切行っていない。

一番初めに店を開けた際、事前の宣伝によって大勢の客が集まり、やむなく休業せざるを得なくなるほどの混乱が引き起こされたからだ。

その後は口コミのみの営業となった『ラーメン赤猫』だが、少しずつその評判が広まり、今では行列ができる日も多い繁盛店となっている。

それでいて、そこにオープン当時のような混乱はない。

訪れるのはこの店を心から愛する客たちばかりであり、その紹介で新たに訪れるのも、ほとんどがマナーの良い者たちだった。

の、はずだが——。

「わぁぁーっ!! すっげー、ホントに猫が接客してんだ!!」

店に入るなり大きな歓声を上げ、高校の制服姿の青年がスマホを構える。

入り口には大きく「No photo 店内撮影禁止」の文字が書いてあったのだが、どうやら彼の目には入らなかったようだ。

彼が今しがた勢いよく開けた引き戸の音は、結構な音量で店内に響き渡っていた。猫たちは思わず毛を逆立て、先客たちの「なにごと？」という視線を集めている。が、こちらも彼の知ったことではないらしい。

こういう少し困った客も、たまにいる。

「いらっしゃいませにゃ～ん」

真っ先に我に返り、接客スイッチをONにして対応したのは白猫のハナだ。

「お客さま、当店は撮影禁止となっておりますにゃん」

「入り口の文字読めないの？」でも「引き戸は静かに開け閉めしてよ」でもなく、愛らしい声とスマイルで角を立てないよう対応できるのは、彼女のプロ意識の為《な》せる技である。

「あ、そうなの？　ごめん」

青年はシャッターを切りかけていたスマホを下ろして、後ろを振り返る。どうやら連れがいるらしかった。

「おい、撮影禁止だってよ。せっかくSNSに上げようと思ってたのに」

「それがダメなんじゃね。知る人ぞ知る名店なんだろ、ここ」

連れの一人、制服を着崩した青年が青いのれんをくぐる。

先に入っていた青年はスマホを制服の胸ポケットにしまって、顎《あご》をしゃくった。

「あーね。そういうイメージ作り？」

「とか？　俺も姉ちゃんが友達と話してんの聞いて知ったし。絶対バズるし、もったいないと思うけどな～」

「亮《りょう》くん、颯斗《ふうと》くん、もうやめようよ……入り口塞《ふさ》いでるし、お店の人困っちゃうよ」

さらにもう一人、大人しそうな青年もやってきた。

そのやんわりとした制止を聞いて、ようやく最初の青年がハッとする。

「やべっ。スンマセン、三人入れます？」

指を三本立てて彼は言った。最初に入ってきたその青年がリーダーのようだった。

「三人……」

ハナがサッと店内を見回す。

夕方の店内は早くも混み始めていて、テーブル席はすでに埋まっていた。

先ほど二人連れの客が帰ったため、カウンターに空《あ》きが二つ。

「あ、僕もう食べ終わるんですぐ出ますよ」

ちょうど空席の隣に座っていた男性客がそう申し出る。

ハナは「ありがとにゃ～ん」と忘れずお礼を言ってから、入り口の高校生たちに向けて可愛《かわい》らしく小首を傾《かし》げてみせた。

「三名様、カウンター席でも大丈夫にゃん？」

「全然オッケーっす。大歓迎！　ラーメン作ってる猫見れるとか最高！」

彼らの視線はもう調理場の猫たちに向けられている。

「つーか広樹《ひろき》お前、さっきお店の人とか言ってたけど、猫だろ」

「あ……ごめん」

「いやよく見ろ。あっちに黒子《くろこ》さんいるぞ」

「え？　ホントだ」

好奇の目は洗い場にも向いた。

話題に乗せられた黒子姿のにんげん――『ラーメン赤猫』の唯一の人間の従業員である珠子《たまこ》は、つい反射的にぺこりと会釈《えしやく》をした。

カウンターテーブルを拭《ふ》くふきんを取りに奥へ下がりながら、ハナはもう一匹のホール担当である長毛の猫に小声でささやく。

「あの三人組、一応撮影警戒ね」

「わかりましたっ」

長毛の猫、ジュエルがビシッと片方の前足を上げて敬礼する。

ハナはもう一度、カウンター席の方を心配げに見遣《みや》った。

「マジメそうな子もいるし、このまま何事もないといいんだけど……」

これから午後営業のピークになる。

厄介《やっかい》ごとはなるべくご遠慮願いたかった。


三人組の新規客は、カウンター席に着いても落ち着かなかった。

より正確に言うのであれば、三人組のうちの二人。初めに店に入ってきた声の大きい生徒と、制服を着崩したおしゃれな生徒。クラスで一番活発なやつと、クラスで一番スタイリッシュなやつ、といった雰囲気の二人。

それに比べると、その横の青年はいささか影が薄いように思える。

肩身が狭そうな彼をよそに、同席の二人は物珍しそうに店内を眺めていた。

「見ろよ、あのポスター。虎《とら》が麺《めん》打ってるんだって！」

壁に張られた『赤猫スペシャルラーメン』のポスターを見つけて、声の大きい青年が言う。

この店の製麺師である虎のクリシュナの写真が使われたこのポスターは、好奇心旺盛《おうせい》な彼らの興味を惹《ひ》くのに充分なインパクトを持っていた。

「虎いる？　いなくね？　今日休みとか？」

「どっか別のところにいるんじゃねーの」

「あー」

その推測は正しい。

製麺担当のクリシュナは基本的に奥の製麺室にいるため、店内をいくらきょろきょろ見回したところで、彼女の姿を見ることはできないのだ。

クリシュナがその姿を現すとしたら、彼女が出ざるを得ないような緊急事態——並みの注意では話にならないようなトラブルに発展するなど——の時だけである。

ただし、虎を含むネコ科の獣は耳が非常に良い。

「じゃ、仕方ないか。ちょい見てみたかったけど」

自分たちなりに納得して諦める青年たちの会話を聞いて、ホッと胸を撫《な》でおろした虎が壁一枚向こう側にいたことを、当の彼らは知らなかった。

過去にはクリシュナを表に出そうとして、わざと悪さを企《たくら》んだ客もいたのである。

「ただ さー、一八〇〇円はちょい高いよな」

虎を見るのは諦めた青年たちだったが、次は値段に引っかかったようだ。

「分ける？」

「分けられんなら。んで、それじゃ絶対足りないから、ギョーザか唐揚げも頼むわ」

「猫さーん、ラーメンのシェアってできる？　シェア」

おしゃれな青年がカウンターの中にいる黒猫に声をかける。

他の席の注文したラーメンにトッピングを盛り付けていた黒猫のサブは、煮卵を器用にトングで摑《つか》みながらそれに答えた。

「赤猫スペシャルならハーフサイズもあるっスよ」

「あっそうなの。なら俺はそれとギョーザ」

「広樹は？」

「うーん。僕はしょうゆラーメンか、チャーシューメンかな」

ここまで会話に加わっていなかった大人しい青年が答えると、残り二人が微妙な顔をした。

「いやマイペースか？」

「今完全にスペシャル試す流れだったろ」

「えっ……ごめん」

反射的に謝って、大人しい彼は「じゃあ僕もスペシャルのハーフで」と言い直す。

こうして注文は決まり、注文時に調理場から返される「にゃー」の掛け声に、青年たちはまた少し沸《わ》いた。

赤猫スペシャルラーメンが特別なのは、手打ちの麺を使っていることだけではない。チャーシューは通常のラーメンよりも厚切りで、ワンタンやそぼろなど食《た》べ応《ごた》えのあるトッピングもさまざま載っている。

必然、数が出たときには盛り付け係のサブの手際が試される。

しかしそこは慣れた手際。サブは三人前の餃子《ギョウザ》を焼きながら、手早くどんぶりとタレとトッピングの準備をした。

あとはそこに店長である文蔵《ぶんぞう》のゆでた麺と赤猫自慢のスープが加わり、用意されたトッピングが規定の位置に整列すれば、とっておきの赤猫スペシャルが完成する。

「んでさ〜、これがさ」

盛り付けを終えたサブが顔を上げると、高校生たちはいつの間にか三人で一台のスマホを見ていた。

面白半分で来店しておきながら、もう飽きたということか。

その可能性は高くとも、スマホがいつでもワンタッチで撮影ができる機械であり、バックグラウンドで録音もできる機械である以上、警戒は必要である。

「赤猫スペシャルのハーフ、おまたせしました〜」

ラーメンのどんぶりを持ちながら、サブはそれとなく彼らのスマホが見える位置に近づく。

「おー！　きたきた！」

「一つずつ順番にお渡しするっスね。ギョーザももう焼けるんで」

「あざーっす！」

スープをこぼさないように、器用に体を伸ばしてカウンターにラーメンを置く。

そしてそれとなくスマホの画面を視界に入れ、サブはぽっかり口を開けた。

「あ」

そこにはサブにとって大いに見覚えのある映像があったのだ。


――それから数日後。

「いらっしゃいませにゃ〜ん！　……あれ？　この前の」

「こんにちは……」

あの三人組の一人、広樹と呼ばれていた大人しそうな青年が、今度は一人で『ラーメン赤猫』へやってきた。

ちょうどランチタイムのピークが過ぎ、客足が落ち着いた頃だった。

「この間はお騒がせしてすみませんでした」

「あ～気にしてたんだ」

深々と頭を下げる広樹を見て、ハナは気にしないでと前足を振る。

「大丈夫大丈夫、あーいうお客さんもたまにいるから。今日は一人？」

「はい。学校が午前授業で終わったので、昼飯を食べてから帰ろうかと。友達はだいたい部活とかで……」

説明しながら、広樹は店内へ進む。

ハナの案内で席に着こうとした彼だったが、数歩進んで足を止めた。

「あの、それでなんですけど」

妙にもじもじしながら、広樹は視線を横にずらす。

「か、カウンターの黒猫さんに話があるんです」

「ん？」

トッピングの残り数量を確認していた『黒猫さん』、つまりサブがキョトンとした顔で振り返る。完全に自分には関係ない話だと思って油断していたのに、突然話題の中心に引っ張り出された。

「え、なに、オレ何かしたっスか」

今の自分の行動、先日の自分の接客を高速でサブは振り返る。

騒がしい広樹の友人たちについては、引き戸を乱暴に開けた音に驚かされたのもあって、若干ムカついていた。しかし特別クレームがつくような悪い接客をした覚えはない。

「あ、本当に僕が気になっただけなんですけど」

さらに予防線を張るような前置きをして、広樹は言う。

「ゲーム、詳しいんですか⁉」

「え？」

「ほら、颯斗くんたちが流してたプレデターカップのアーカイブ動画、知ってるみたいだったじゃないですか！」

「あ、あー……」

確かに反応したな、とサブは思い当たる。

目に入った映像が映像だったので、致し方のないことではあった。

あのとき、ラーメンを受け渡しながらスマホの確認をしようとしたサブは思わず一瞬動きを止めた。広樹の友人のスマホの画面の中で暴れ回っていたのは、自分のプレイヤーアバターだったのだ。

某FPSゲームにおける謎の個人勢最強プレイヤーmorituke_catとは、何を隠そうサブのことである。

そして広樹の言うプレデターカップとは、以前サブがプロチームと争いながら本戦の二回戦まで残った大会のことだった。

「僕それがどうしても引っかかって、忘れられなくて……もしかしてあの動画見たことあるんですか？　わかります⁉」

広樹は目をキラキラさせてサブに言い寄る。

見たことあるどころか、映っている。

しかもよりによって広樹たちが見ていたのは件《くだん》の本戦、サブが惜しくも敗《やぶ》れた試合の実況アーカイブだ。見覚えのある光景すぎて、一瞬固まりもする。

サブがたじろいでいると、ハナが広樹をカウンター席に促した。

「え〜と……よくわかんないけど、とりあえず座ったら？」

「あ、そうですね。今日は赤猫しょうゆラーメンください！」

前回とは異なる、どこか生き生きした様子で、広樹は注文をした。

しょうゆラーメンができるまでの間に、広樹は上着と荷物を置いて話し始めた。

「僕もあのゲームやってるんです。実況動画とか、プロチームの大会の録画とかいろいろ見て研究してて」

「はあ、そうなんスか」

「黒猫さんもゲームやるんですか?」

「まぁぼちぼち」

サブが答えると、広樹は何故《なぜ》か嬉しそうな顔になる。

「やっぱり! 亮くんたち、あ、この間僕と一緒に来た友達は『猫がゲームなんてするわけないだろ。気のせいだ』って言うんですよ」

広樹は不当な扱いを訴えるかのように眉を寄せて言うが、別に友人の主張もそこまでおかしなものでもない。ゲームをする猫としない猫であれば、後者が大多数だ。スマホやタブレットを活用した猫用のアプリもあるものの、FPSをやる猫は極めて珍しい。

しかし広樹は、サブがゲームをする猫であることに妙な確信があったようだった。

「でも、みなさんこんなに器用に接客してるんだから、できてもおかしくないと思ったんです」

話しながら、広樹は視線をテーブル席に向ける。

そこではハナがちょうど、広樹の来店直後に来た新規客の相手をしていた。手にはスマホがあり、画面をスライドしながらメニューの解説をしている。『ラーメン赤猫』では調理場との注文の共有の他、メニューの説明用にスマホを活用していた。

あまりに自然に使われているので、広樹は「そういうものか」と思ったらしい。

「それで、スマホが使えるなら、たぶんゲームだってできるでしょ？」

「そうっスね。オレがゲームやるときはマウスとキーボードだけど」

「あっ、そうなんですね！」

サブが答えると、広樹は何度も頷《うなず》いた。

「いや、わかります。僕もクロスプラットフォームのゲームでもなんかスマホの視点操作だと上手《うま》くいかなくって、ちゃんとやりたいときは家のパソコン使ってます」

「あー」

実を言うと、店の上階のサブの部屋には本格的なゲーミングパソコンと、ゲーミングチェアが備えてあった。猫の手でも使えることを優先しているためスペックはベストではないものの、充分にガチ勢と呼べる設備だ。

ジャッ、ジャッ、とサブの背後で小気味いい麺の湯切りの音が響く。

「サブ」

これまで黙って調理を進めていた、茶トラ猫の文蔵がサブを呼んだ。

それ以上何を言うでもなかったが、長らく厨房《ちゅうぼう》担当をしている二匹の猫の間に細かい説明は必要ない。

「了解ッス」

サブはどんぶりを受け取ると、慣れた手つきでトッピングを載せた。スープで濡れれば萎《しお》れてしまう海苔《のり》も、ピンと張ったままで出来立てのラーメンを飾る。

どんぶりをしっかりと両の前足で押さえ、サブは体を伸ばしてラーメンをカウンターに置いた。

「赤猫しょうゆラーメン、おまちどー」

「ありがとうございます！」

広樹の前では、前回頼みそこねたしょうゆラーメンがほかほかと湯気を立てている。よく漬《つ》かった煮卵はつやつやと光って広樹の目を引き、食欲をそそる匂《にお》いは広樹の鼻孔をくすぐった。

「へへ……いただきます」

箸《はし》を持ち、広樹は軽く会釈をして食べ始める。

出来立てのラーメンは実に美味だった。

授業が終わってからランチタイム営業中に滑り込めるように走ってきた。その空腹の効果もあったかもしれない。自分の推測が正解で、サブがゲームの話のできる猫だった喜びの効果もあったかもしれない。ひょっとしたら、前回のように周りに気を遣《つか》いながら食べなくてもよい解放感の効果も。

さまざまな要因が重なりつつも、広樹にとってそのラーメンが最近食べたものの中でダントツのうまさだったことは間違いなかった。

しばらく「うま……」と呟《つぶや》きながら食事していた広樹だったが、ふと顔を上げてサブを見る。

「黒猫さん、サブさんっていうんですね。サブさんはゲームはひとりでやるタイプですか？　それとも、他の猫さんたちと？」

「あー基本ソロっスね」

テーブル席の注文の商品を作る準備を進めながら、サブは答えた。

その答えを聞いて、広樹がまた何度も頷く。

「僕もゲームはいつもソロでやってるんです。何回かクラスの人とやってみたけど、どうにも気が合わなくて」

先日一緒にいた二人もそうだ。大会の動画を見るぐらいの興味はあるものの、自分ではそこまでやり込んでいない。著名なプロプレイヤーや実況プレイヤーの超絶技巧を見て、すごいものを見たとそこで満足するタイプ。

広樹はそうではなかった。他者のプレイ映像を見れば、自分でもそれをやってみたいと思うタイプだ。

そういう性格の違いは、マルチプレイをした際に如実《にょじつ》に表れる。結局広樹一人が『ガチなやつ』扱いされて、周りに合わせないと浮く羽目になるのだ。

例えば上手いプレイヤーばかりの中に下手《へた》なプレイヤーが混ざると足手まといになる。

これは簡単に想像できる。

一方で、逆にライトに楽しんでいるグループに一人だけ高ランクプレイヤーが混ざっても、それはそれで面白くないのだと広樹はそのとき学んだ。

「だけどプレイヤー同士で戦う要素のあるゲームって、基本チームやギルドを組めた人が強いじゃないですか。そんな中この間の大会では、本戦まで個人のプレイヤーが残ったんですよ。すごいですよね！」

「へぇ～……」

今まさにその『本戦まで残った個人のプレイヤー』と話しているのだが、広樹はまるでそれに気がついていなかった。

広樹とサブの話を聞いている他の猫たちも、何の話なのかいまいち理解していない。

店内でサブ以外に事情を理解しているのは、ゲームの話が多少わかる珠子だけだった。

彼女だけが、黒子の頭巾《ずきん》の下で小さくクスリと笑っている。

広樹は相変わらず興奮ぎみに続けた。

「サブさん知ってます？　あの選手って子どもじゃないかって噂《うわさ》があるんですよ。ゲームに年齢は関係ないって言いますし、僕だってもっと高いランクに行けるかもしれない」

チーム戦ありきという風潮がある中で、個人勢の躍進は広樹にとって希望だった。

個人であっても、戦法を工夫すれば多数に対抗できる。

結果としてプレデターカップにおけるサブの挑戦は二回戦敗退で終わってしまったものの、彼を警戒して対策をしてきただろうプロのチームを相手に、長時間粘ることに成功したのは快挙と言えた。

「で、実況動画とか大会の動画とか見ながら強い人の武器構成参考にしてるんですけど、いまいち上手く行かないんですよね……サブさんはどうしてます？」

広樹は何気なく話を振った。

せっかく見つけたゲームの話のできる相手、サブの装備やら何やらの話を聞いて、少し盛り上がれたらと思ったのだ。

ところがサブの答えは広樹の予想したものとは違った。

「装備だけ聞いても参考にならないと思うスけど」

「えっ。どういうことですか？」

驚いて、広樹は目を丸くした。

「立ち回り方とか得意な距離とか、相手の出方とかいろいろあるじゃないっスか。条件違うかもしれないのに、話してもあんま意味ないような」

サブは当たり前の話をしたつもりだった。

「……サブさん」

広樹がじっとサブを見る。

あまりに真剣に見られるので、サブは何事かと一瞬身構えた。

次の瞬間、広樹はポケットからスマホを出してロックを解除する。

「今モバイル版立ち上げます！　えっと、長距離のエイム精度はあんまり高くないんですけど、回避は結構自信あるんで今は近距離のアタッカー型で組んでて……！」

広樹の目が一層キラキラ輝くのを、サブは見た。

それは想定以上に話の合いそうな相手を見つけた、期待と喜びの目だった。

『ラーメン赤猫』はランチタイム終了後、十七時までのお昼休憩に入る。

その間、従業員たちはやり残した店の片付けをしたり、仮眠を取ったり、にんげんの従業員である珠子にブラシをかけてもらったりして思い思いに過ごす。

この日も珠子はみなに順番にブラシをかけていた。

スタッフルームの床に座り、サブのつやつやした黒い毛並みにブラシを滑らせる。珠子が手を動かすたびに、サブの喉《のど》からゴロゴロと音がした。

そんなお決まりのブラシかけタイムに、珠子は思い立ってサブに切り出す。

「そういえばサブさん、さっきの子……」

「あー」

サブは気持ちよさそうに閉じていた目を片方開けて、ちらと珠子を振り返った。

「いや～あれはびっくりしたっスね」

店内で自分のプレイ動画が見られていたことも、それに対するサブの些細《ささい》な反応に気づいた客がわざわざ再来店してくることも、予測できるものではない。

珠子もそれには納得しつつ、ふとした疑問に首を傾げた。

「サブさんの動画だって言わなくてよかったんですか？」

「イヤ……なんか言ったらすごい勢いで詰められそうだったんで……」

「フフ、確かにそうかもしれません」

引き気味に言うサブを見て、珠子は小さく笑う。

もしmoriuke_catの正体を知れば、広樹がますます興奮しただろうことは想像に難《かた》くない。

周りに言いふらすタイプではなさそうだが、もっと詳しい話を聞きたがったことはまず間違いないだろう。まるでヒーローインタビューのように。

「あの男の子もかなりやり込んでそうでしたね。しかもサブさんの装備を参考にしたいなんて」

「まー立ち回り方違うっぽかったんで、同じようにとは行かないと思うスけど」

「でもサブさんと話ができてすごく嬉しそうでした」

珠子は穏やかに微笑《ほほえ》みながらブラシを動かす。

「前一緒に来た友達とは話合わないって言ってたんで、それでじゃないスかね。ゲームの話って、やらない相手にはマジで伝わらないし」

この店の他の猫たちは特にゲームをやらない。

そのため、サブのするゲームについての話も伝わらないことが多々ある。たまに結構な勘違いさえ生じる。けれどもそこには誰の悪意もない。ただ単純に、やったことのない者には馴染《なじ》みがないだけなのだ。

サブの場合は、多少ゲームのプレイ経験がある珠子がやってきたことで話のわかる相手ができた。広樹の場合はその相手がサブだったのだろう。

「また来てくれるかもしれませんね」

「そっスねー」

珠子がブラシを下ろすと、サブは大きく伸びをした。


予想通りと言うべきか、広樹はそれから『ラーメン赤猫』に通ってくるようになった。目当てはもちろんサブとの会話だ。ただ、ここがラーメン店であるという意識と、最低限マナーは守ろうという気はちゃんとあるらしい。

「サブさん！　この間実装された新装備中心に新しい戦法考えてきました！」

明るい声で広樹が入ってきたとき、たまたま店は混雑していた。一応空いている席はあるものの、盛り付け担当のサブはあわただしく注文を受けて動いている。

「あー今忙しいからちょっと無理っス」

「わかりました。塾終わってから、店が空《す》いてそうならまた来て見せます」

断られても怒るでも食い下がるでもなく、広樹は素直に引くタイプだった。

その上で、足元で注文を取るべきか否《いな》か判断に困っているジュエルに対しては、力強く言う。

「あ、今ラーメンは食べていきます！　大盛りで、それとギョーザも！」


広樹はカウンターの端の席に座り、注文のラーメンが運ばれてくるのを待っている。

その様子を遠目から微笑ましそうに眺めているのは、本日ピンチヒッターでホールに入っているハチワレの猫——佐々木《ささき》だ。

「彼、すっかり常連だね」

そしてそれに同調する猫が二匹。

「サブちゃん完全に懐かれたねー」

「めちゃくちゃサブさんのこと好きっスよね」

ハナとジュエルも生温かく広樹のことは見守っている。

すでにこの二匹の名前も含め『ラーメン赤猫』のスタッフ猫は全員覚えた様子の広樹だが、やっぱり話がしたい相手はいつもサブのようだった。

「ケド、他のサブさん推《お》しの常連さんとはなんかちょっと違うっていうか……なんでしょうね？」

ジュエルが不思議そうに首をひねる。

訪れる常連客にはスタッフの中に『推し』のいる人も少なくない。

サブ推しと言えば、盛り付け係としていつもカウンターを忙《せわ》しなく動いているサブを見るため、わざわざカウンター席が空くまで待って座りたがる客もいる。プレゼントを持ってくる客さえたまにいる。

そんなファンたちと広樹の行動は何かが微妙に違うようにジュエルには思えた。

「んー」

ハナが前足を組んで考える。

「なんかゲームの話で盛り上がってるみたいだし、他のお客さんみたいに猫好きっていうより、サブちゃんと話したいんじゃない？」

「なるほど……あ！　その相手とだけできる特別なトークってやつですね！」

ハナに言われて、ジュエルは急に腑《ふ》に落ちた。

それは少しホストクラブの売り方に似ている。猫のホストクラブ開業を目指しているジュエルとしては、将来的に参考になる関係かもしれない。

「いいなぁ。ボクもいずれは……」

ジュエルはうっとりと呟いてから、ラーメンを持ってカウンターを駆け回るサブを見た。

「あとでサブさんに極意とか聞いてみたら教えてくれますかね？」

「うーん。あれは別に自覚的にやってるやつじゃないと思うからな～……」

佐々木が苦笑する。

極意を聞いたところで、サブもきっと答えに困るだろう。


どれぐらい経ったか、それは昼過ぎから雨が降り始めた日だった。

初めは小雨だったものの、だんだんと雨量は増え、閉めた店内からでも雨の音が聞こえるようになってきた。

「結構雨強くなってきたねー」

「だな」

窓の外に視線を送りながら、ハナと文蔵が会話する。

基本的に雨の日は客が少ない。この調子で雨が強くなる一方なら、夜営業はほとんど誰も来ないかもしれない。

そう誰もが思い始めたとき、『ラーメン赤猫』に近づいてくる影があった。

店先で傘を閉じて、人影は引き戸を開ける。

「イラッシャセー！」

「いらっしゃいませにゃ〜ん」

「いらっしゃいませー」

一番入り口に近いサブが元気よく挨拶《あいさつ》をし、他の猫たちもそう遅れずにそれに続く。

接客一番。晴れの日も雨の日も、たとえ客が来なそうな雰囲気でも、絶対に気は抜かない。それが『ラーメン赤猫』のプロフェッショナル意識である。

「……こんにちは」

傘をさしていても濡れてしまったらしい前髪から雫《しずく》を滴《したた》らせながら言ったのは、他でもない広樹だった。

「あれ？　どしたの。元気ないね」

「あ……」

「何かあった？」

ハナが見上げると、広樹は苦笑する。

「いや、今日塾のテストが返ってくる日で」

どうやらあまり結果が芳《かんば》しくなかったらしい、とそれだけで皆が察した。

一瞬店内に漂った気まずそうな空気に、広樹も察されたことを察した。

「……あ！　前にサブさんに相談した近接武器の戦法練習したんですよ」

無理矢理顔を明るくして、広樹はサブを見る。

「結構上手く行きました」

「そりゃ良かったっス」

「まあ、いいところで負けちゃったんですけどね。悔しいです」

広樹は上着と荷物を置いて、カウンター席に座った。

今日の注文は赤猫あっさりラーメンだった。


「あっさりラーメン、おまちどー」

「ありがとうございます」

サブがカウンターにどんぶりを置くと、広樹はいつものように礼儀正しくお礼を言った。

食べ始めるも、その表情は浮かない。

「…………」

しばらく無言で麺を啜《すす》っていた広樹は、唐突にぽろりとこぼした。

「……猫になりたいな」

澄んだラーメンスープの水面に、暗い広樹の顔が映る。

「？　……どーしたんスか急に」

「あっ、はは……。変なこと言っちゃってすみません」

頭を掻《か》きながら、広樹は顔を上げてサブを見た。

「猫になって、このお店で働きたいなーって。いや、猫に生まれたかった？　来世は猫になりたい？」

広樹自身もまだ考えがまとまっていない様子で、何回か言い直す。

先ほどの発言は、本当に無意識に転がり出たものだったようだ。

「僕、ここでサブさんと話したり、みなさんが忙しくても楽しそうにラーメン屋さんやってるのを見るのが好きなんです」

「それでなんで猫になるって話に……？」

「うーんと、ひょっとすると僕は、人間でいたくなくなったのかも」

怪訝《けげん》そうなサブにそう返してから、広樹はああと頷いた。

「そう！　僕は人間をやめたい。猫になりたい！」

ようやく答えに辿《たど》り着《つ》いたような、妙に爽《さわ》やかな目で広樹は言う。

だが猫たちの反応は何とも言えないものだった。

話を聞いていた文蔵が、調理場からぼそっと口を挟む。

「別に猫も楽なもんじゃねぇぞ」

「運良くいい飼い主さんに巡り会えればいいけど、そうとも限らないしねー」

呆《あき》れ顔でハナも言ったが、広樹の中にはもう確信があった。

「でも、もう僕は人間としてはダメなんです。昨日今日と、どうしようもなくそれを思い知らされたんです……」

「思い知らされたって、例の新しい戦法で負けたことっスか?」

「そうです」

頷くと、広樹は力説した。

「どれだけ練習しても、上には上がいるんです。僕の精一杯の、そのまた上を行く人がいる」

「…………」

「友達付き合いだってそうです。なんとか亮くんや颯斗くんの話に合わせようと思ったけど上手く行かなかった。この店を教えてもらえたことはありがたいと思ってますけど、二人はもうこの店のことなんて忘れちゃってるみたいですし」

広樹はそれも悔しかった。

ゲームの話も店の話も、広樹と友人たちとでは話すときに温度差がある。そうすると、どうしても次第に話がかみ合わなくなっていくのだ。

その友人たちの方が上手く人生を生きているように見えるのも、広樹にとっての不幸だった。

「塾のテストも、ゲームのせいで成績が落ちたって言われないように頑張りました。数学なんて過去最高点だった。でも、平均点がすごく高かったんです」

広樹はがっくりと肩を落とした。

「来週から塾の成績別クラスが変わって、僕は一つ下のランクに落ちる。頑張ってこれなら……僕はもう……」

猫になりたいというよりも、人間をやめたい。

人間をやめたいというよりも、人間でいられる自信がない。

広樹はすっかり意気消沈していた。

「ゲームとかテストとかはよくわかんねぇけど」

前置きをしながら、文蔵は調理台からカウンターに飛び移った。泣きそうな顔の広樹を、腕組みをして見下ろす。

「合わねぇところにそれでもいたいのか、合わねぇところから出て行きたいのか、どっちだ？」

「え……どっちっちって」

「結局どっちにしたいのかだろ。今の居場所に残りたければあがく。居心地が悪くて逃げ出したいなら、別の場所へ行く。どちらにしても、そこが決まってねぇと選べねえぞ」

「残りたいのか……逃げ出したいのか……」

広樹は呆然《ぼうぜん》として文蔵を見上げた。

しかしすぐに我に返り、いやいやと首を横に振る。

「って、逃げちゃダメじゃないですか。かっこ悪い」

「いやー、引き際を見極めるのも大事っスよ」

サブが前足を振ると、文蔵もうんと頷く。

「逃げられるタイミングで逃げねぇと、そのままやられることもあるからな」

「相手を見るのも大事っスよね」

サブは中華街で野良猫をやっていた頃をぼんやり回想しながら言った。基本、自《みずか》らいち早く危険の察知ができなければ、野良では生きていけない。

文蔵もかつては野良猫である。今となっては衛生的にアウトだが、野外で狩りをしていた頃もあった。それにもまた状況把握と危険察知能力が求められる。

「そういうものなんですか……？」

広樹は文蔵とサブを交互に見て聞いた。二匹とも頷いた。

「なんか……僕、猫にも向いてないかもしれないですね」

「ま、誰にでも適材適所はある。うまいもんでも食って考えな」

文蔵はそう言うと、また調理台へと飛び移っていった。

ほとんど食べ進んだあっさりラーメンを、広樹は見つめる。

「すみません。あっさりラーメンのおかわりと、ギョーザ一皿ください」

やがて姿勢を正した広樹がそう言うと、文蔵とサブは大きめに「にゃー」と鳴いた。


新しい麺がゆで始められ、事前に仕込んであった餃子が火にかけられる。

「あの、ごめんなさい。現実逃避に、猫の方が楽みたいな言い方してしまって……」

広樹は恥ずかしそうに肩をすぼめて謝った。

トッピングの準備をしながら、サブがさらりと補足する。

「実際マジでシビアっスよ。野良の猫とか特に。餌《えさ》捕れなかったら冗談抜きで餓死するし、食べたものが悪くても死ぬし。他の猫とのケンカもあるし」

「………」

自分には無理だな、と改めて広樹は思った。

猫になったらなったで、人間になりたい、なんて言っていたかもしれない。

広樹が食べ終えたどんぶりを返した頃、ほとんど入れ替わりに新しい麺がゆで上がった。

柔らかすぎず、固すぎない、絶妙な口触《くちざわ》りにそれを仕上げるのは文蔵の熟練の湯切りだ。

サブは文蔵から受け取ったどんぶりに具材を載せて仕上げると、広樹に渡した。

「あっさりラーメンのおかわりっス」

「ありがとうございます」

塾を出たときは最悪の気分だった広樹だが、いつしか食欲が回復してきていた。

うまいもんでも食って考えろ、と言った茶トラ猫の背中を、カウンター越しに見る。広樹は口元を緩めて、ラーメンを啜った。

「それとギョーザ、おまちどー」

「あ、ありがとうございます」

少し遅れて、餃子が一皿渡される。

受け取ったそれを、広樹はまじまじと見つめた。

「サブさん」

「?」

カウンターの中に戻ろうとしていたサブが振り返る。

広樹は皿の上の餃子を見せて、首を傾げた。

「ギョーザの数間違ってないですか?」

「いいんスよ」


普段頼む餃子より、それは二個多かった。


「イラッシャセー!」

入り口で客を出迎える、サブの元気の良い挨拶が今日も響く。

「サブさん、こんにちは」

戸をくぐって入ってきたのは広樹だった。この前よりも随分明るい顔をしている。

その後ろに続いて入ってきたのは、初めての顔だった。

「ここ?　わ……本当だ。猫がいっぱいいる」

「でしょ?」

後から入ってきた同級生らしい眼鏡《めがね》の男子生徒の反応に、広樹は嬉しそうにしていた。

「みんないい人なんだ。あっ、違う。いい猫なんだよ」

「へぇ〜」

言い直す広樹を、眼鏡の青年は別にからかったりしない。

「いらっしゃいませにゃ〜ん！」

新しい客の前に、さっそくハナが満面の営業スマイルでやってきた。

眼鏡の青年は目を見開いて、体をかがめてハナを見ようとする。

「かわいい。おしゃれなんだね、アクセサリーよく似合ってる」

「ありがとうございますにゃぁ〜ん」

早くも新規ファンになる兆《きざ》しを見せる青年に、ハナはさらにあざとく鳴いてみせた。

「ハナさん。すみません、彼初めてなので、メニューの説明お願いできますか？」

「もちろんですにゃん。こちらの席に……」

と言いかけて、ハナは広樹を見る。

「あ、カウンターの方がいいよね？」

「あはは。はい。ありがとうございます」

広樹はおかしそうに笑って、よくわかっていない様子の連れに小声で言った。

「いつも僕がサブさんと喋《しゃべ》ってたから、覚えてくれてるの」

「なるほど。常連ぽいじゃん」

そう返されると、広樹は照れくさそうに肩をすくめた。

ハナに連れの青年が説明を受けている間、広樹はにこにこしながらサブに話しかけた。

「サブさん、聞いてください。ゲームの話も、ここの店の話もできる友達が見つかったんです」

「おー、良かったっスね」

「これで戦略の相談ができる相手が増えましたよ！『三人寄れば文殊《もんじゅ》の知恵』って言葉もありますし、サブさんと彼と僕とで話し合ってたら、めちゃくちゃ強くなれそうな気がします」

「そ……そっスね……」

広樹は本当に楽しそうに話しながら、ちらと隣を見る。

少しドキドキしながら連れてきた新しい友人だったが、ハナの説明を食い入るように聞いているあたり、このままこの店にハマりそうだ。

「それと、店長さん」

「ん？」

文蔵が麺をゆでながら、視線だけを広樹に向ける。

「この間、どっちにしたいのかって聞かれて考えたんですけど」

広樹は一つ息を吸って、時間の空いた問いの答えを文蔵に返した。

「僕はたぶん、逃げたかったんだと思います。でもその勇気がなかった」

「そうか……」

文蔵はそれでいい、とも悪い、とも言わなかった。

「塾のクラスのランクが落ちて、もうダメだって思ってたんですけど……そのあと、たまたま隣になった子がモバイル版のゲームをやってたので思い切って声かけたんです」

広樹の言うモバイル版のゲームが何なのかは文蔵にはいまいちピンとこなかったものの、そんなことは些末《さまつ》な問題だった。おそらく今隣にいる新しい友人の話をしているのだということは、ゲームの話がわからなくともわかる。

「運が良かっただけかもしれないけど、新しい友達を作れたぐらいで単純かもしれないけど……もうちょっと、今の場所で戦ってみようと思います」

広樹は真剣な目をしていた。

麺がゆで上がる。文蔵は的確な動きでお湯を切る。

どんぶりに麺を移しざま振り向いて、文蔵は広樹に言った。

「そうか。うん、いいんじゃないかな」

広樹はにっこり笑うと、大きく頷いた。

「はい！」


サブが盛り付けたラーメンをカウンターに置く。

「しょうゆラーメンとチャーシューメン、おまたせしましたー」

「ありがとうございます！」

「おお、美味《おい》しそう……」

受け取った広樹とその新しい友人は、顔を見合わせ——。

それから同時に、「いただきます」と唱えた。

二杯目

赤猫幽霊事件

それはある日の閉店作業中のことだった。

使用済みの食器を洗い終えた珠子《たまこ》は水を止め、手を拭《ふ》く。

軽く汗ばむ額《ひたい》を手の甲で拭《ぬぐ》い、顔を上げると、ハナとジュエルがテーブルを拭いて回っているのが目に入る。

「ふぅー……」

「ジュエルー、先そっち拭いて」

「わかりましたっ」

たくさんの客で賑《にぎ》わっていた店内には、今や猫たちと珠子しかいない。

一日の疲労もあり、口数も減っていたときだった。

何の前触れもなく、ぴく、と文蔵《ぶんぞう》の耳が動いた。

「ん？」

いぶかしげに、文蔵は掃除の手を止めて振り返る。

「今、誰かなにか言ったか？」

「え？　いえ、私は別に……」

珠子は首を横に振った。

カウンター席を掃除していたサブ、テーブル席を掃除していたハナ、ジュエルも立ったままきょとんとしている。

「？　なにも言ってないっスけど……」

「わたしもー。気づかなかった」

「ボクもテーブル拭く方に夢中で……」

クリシュナはまだ製麺《せいめん》室の方におり、佐々木《ささき》はついさっきレジ締《し》め作業を行ってからスタッフルームに向かった。

となれば、あとは誰もいない。

「………」

文蔵はしばし考えて、苦笑した。

「じゃ気のせいか。スマン」

掃除を進めている店内に他の何者かがいるはずもなく、文蔵は各自作業に戻るように促した。小さく「確かに何か聞こえた気がしたんだけどな……」と呟《つぶや》きながら。

猫は聴覚が優れていることもあり、文蔵が聞き間違いをするなんてめったにない。

流石《さすが》に連日の混雑により疲れているのだろうかと珠子が考えていると、今度は店内すべての猫たちが一斉に耳をぴんと立てた。

「！」

「お客さん？　もう閉店時間過ぎなんだけど――」

やや気怠《けだる》そうにしたハナが、ふきんを持ったまま入り口の方を向く。

振り返ったときにはしっかりと営業用のスマイルを作っているあたりが、彼女らしいのだが――。

「――あれ、誰もいない？」

ガラス張りの店の引き戸の向こうには、夜の暗がりが広がっているだけだった。

サブ、ジュエル、文蔵までもが唖然《あぜん》とした顔で入り口を見つめている。

目の前の状況を認識するのにやや時間がかかっているようなフリーズぶりに、珠子は大いに困惑した。

「えーと……みなさんどうしたんですか？　急に……」

すると何故《なぜ》かハナの方が驚いて珠子を見る。

「え？　珠ちゃんさっきの聞こえなかった？」

「何がですか……？」

他の猫たちも揃《そろ》って珠子を見てくるが、まったくその視線の意味がわからない。

さっきから店の前には客どころか、通りかかる人影さえなかったのだ。

「…………」

「…………」

店内に気まずい沈黙が流れる。

数秒間たっぷりと考えてから、ジュエルがおそるおそる言った。

「さっき誰かノックしましたよね、たぶん」

「してたな」

サブが答える。確信のありそうな言い方だ。

戸惑《とまど》いながら文蔵を見ても、ゆっくりと頷《うなず》かれてしまう。

多数決で言えば圧倒的に「聞こえた」側の勝利だったが、珠子には本当に心当たりがなかった。

「ええ……？　私には全然……」

だんだん自分の感覚と記憶に自信がなくなってきたところで、ふと珠子はある可能性に辿《たど》りつく。

「あ、でも、みなさんの方がずっと耳がいいんでしたよね。だからでしょうか？」

「確かに猫はにんげんよりずっと耳がいいけど……」

文蔵は目を細めて窓の外を見ると、ひょいと床に飛び降りて入り口を確かめに行った。

引き戸を開き、外に出て左右を確かめる。

耳を澄ませ、周囲に変わった気配はないか集中して考えても、異状はない。

「うん、誰もいないね」

そう言って、文蔵はまた中に戻ってきた。

閉店時間を知らずに訪れてしまった不幸な客がいなかったことはよいことなのかもしれないが、それにしても不可解である。

四匹もの猫が揃いも揃って勘違いするなんて、あるだろうか？

一同が微妙な空気になっていると、様子を窺《うかが》うようなか細い声が今度は店の奥から聞こえてきた。

「あ、あのう……」

「STAFF ONLY」の表記のある扉が静かに少しずつ開く。

そこからひょこっと顔を出したのは、『ラーメン赤猫《あかねこ》』の製麺師こと虎《とら》のクリシュナだった。

しかも、どこか様子がおかしい。

たくさんのお客さんがいる営業中ならともかく、今は気心知れた仕事仲間たちしかいないというのに、クリシュナは心なしか怯《おび》えた目をしていた。

「クリシュナさん？　どうかしたんですか？」

珠子が声をかけると、クリシュナはふるふる震えながら手招きをした。

「さっきからこっちでずっと変な音がしてて……」

彼女のルームメイトでもあるハナが、すぐにふきんを置いて駆け出していく。

「えっ。製麺機、どこか壊れちゃった？」

「ううん。今止めてるから製麺機からじゃないはず……というか」

クリシュナはぎゅっと目を瞑《つむ》りながら、製麺室の中を前足で指した。

「シャッターの方からで……」

「え？」

クリシュナのいる製麺室はシャッターを隔《へだ》てて外に面している。どうやらそこから異音がするらしい。それも、彼女が怯えるような気味の悪い音が。

珠子たちは心配して、すぐに皆で様子を見に行った。

ところが――。

「なにも聞こえないよ」

「あれ……？　本当だ」

まるで先ほどの『ノック』と同様、初めから何も起きていなかったかのように音は止まっていた。

念のため、シャッターを開けて外を確認してみても、やはり辺《あた》りに誰かがいる様子はない。

「どんな音だったんですか？」

「最初はカタカタって、軽く風で揺れる時みたいな感じで……だから気にしてなかったんですけど。そのうちにカシャン、カシャン、みたいな誰かが叩いてる感じの音になってきて……でも、もうお客さん誰も通りませんよね⁉」

必死の形相で訴えるクリシュナ。

もう客の通らない時間なのは確かだ。常時であれば、ただの考えすぎと笑い飛ばせたかもしれない。

ほぼ同じ現象が、店の方でも起きていなければ。

「そっちでも音してたんだ」

「え⁉　そっちもってなに⁉」

ハナの何気ない呟きに、クリシュナがぎょっとする。

普段の店内の会話は壁一枚隔てた先のクリシュナにも聞こえているはずだが、どうやらこちらも謎の物音でいっぱいいっぱいだったらしい。

珠子は簡単に事情を説明することにした。

「店の方でも今、誰か来たんじゃないかって話してたんですよ。私には特になにも聞こえなかったんですが……」

「…………」

クリシュナは口を開けたまま固まり、消えそうなほど細い声を漏らした。

「……こわい……」

「そ、そうでした。クリシュナさんってホラー苦手でしたね……」

完全に涙目のクリシュナを、珠子は努めて明るくなだめる。

「大丈夫ですよ！　気のせいかもしれませんし。たまたま風が当たってそんなふうになっちゃっただけかもしれません！」

「そうそう。そんな怖がらなくていいよ」

特に実害があったわけでもない。

ハナは店内に視線を戻して、呆《あき》れ顔になった。

「こっちにももう一匹固まってるやつがいる……」

ジュエルが製麺室のすぐそばで、すっかり青ざめて硬直していた。


「き、昨日の夜……ですか」

「うん。何か変わったことはなかった？」

翌日のランチタイム。

ラーメンを届けに来たハナに問われて、常連の氷室《ひむろ》は向かいに座るいとこの椿《つばき》と顔を見合わせた。

「特には……」

「なかったよね……？」

お互いに確認しつつも、なんとか昨夜の記憶を蘇《よみがえ》らせようと考えている。

常連客の一組である氷室と椿は、ハナのファンであるのと同時に、『ラーメン赤猫』の隣でコーヒー店を開店準備中の青年たちだ。

昨夜の異音事件について、隣の店に出入りしている彼らにも心当たりはないか――とハナが代表して聞いてみたのだが、どうやら何もなかったらしい。

「そっかー。変なこと聞いちゃってごめんね。ごゆっくり〜」

謝って、ハナは足場の猫台から降りた。

そのまま去っていこうとする白い背中に、氷室が声をかける。

「あの……何かあったんですか?」

「んーん。大したことじゃないよ。ちょっと聞いてみただけ」

椿も心配そうにハナを見ている。

「もし困っていることがあれば言ってください。力になるんで……」

「うん、ありがとね」

ハナはニコッと笑ってお礼を言うと、奥へ戻った。

「ふたりとも特に心当たりないってー」

ちょうど別のテーブル席へのラーメンを受け取りに来ていたジュエルに、すれ違いざまに報告する。

「そっスか……」

「ま、気のせいでしょ」

そこまで気にするほどのことでもない。そうハナは考えていた。

だが奇妙なこの現象は、その後も相次いで『ラーメン赤猫』の店内で起きることになる。

それから数日後の深夜、ジュエルは一匹でスタッフルームにいた。

密かな習慣となっている、筋トレのためである。

「フー」

ダンベルトレーニングを規定のセット終えて、大きく息をする。

伸びをして上の階へ戻ろうとしたとき、彼の耳は微《かす》かな音を捉《とら》えた。

「……ん？」

初めはボソ、ボソ、と掠《かす》れた音だった。

遠くで話している誰かの会話が漏れ聞こえてくるような不明瞭な音。

その間隔がだんだんと長くなり、ある時決定的に違うものに変化した。

キィイイ――――――……。

……――――アァア――――――。

「え？　今、誰かキャーって……」

それはまるで悲鳴だった。

若い女性を連想させる甲高《かんだか》い悲鳴。

「い、イヤイヤ。そんなわけないか」

誰がいるわけでもないのにぶんぶん首を振って否定して、ジュエルは黙り込んだ。

「…………」

暗いスタッフルームはとても静かで、聞こえるのはトレーニングで少し上がったジュエル自身の呼気と……。

キィイイ――――ァァァ――――。

「ギャァァァァァァアアアッ!!」

腹の底から絶叫して、ジュエルは猛烈な勢いで階段へと走った。

今聞こえたのは間違いなく知らない誰かの悲鳴だった。

しかも一度目より大きい。近づいてきている。

ジュエルの他にあの部屋には誰もいなかったのに、だ。シャッターはとっくに閉めていて、建物の中には『ラーメン赤猫』の従業員たちしかいないはずなのに。

居住スペースに駆け戻るのと同時に、各々《おのおの》好きなスペースで休んでいた猫たちが何事かと集まってくる。

「なんだ!?」

「どうしたの!?　なにかあった!?」

只事《ただごと》ではない悲鳴に緊急事態かと構える先輩猫たち。

ジュエルはただ震える前足で下の階を指しながら、「あ……あ……」と声を漏らすしかできなかった。

ガタガタ震えるジュエルの要領を得ない説明を見かねて、文蔵を先頭に一同は明かりを点《つ》けてスタッフルームに降りてきた。

「この部屋で誰かの悲鳴が聞こえた……？」

そうは言っても、特に室内に変わった様子は見受けられない。

しばらく黙ってみても、ジュエルの言う悲鳴というものは聞こえてこなかった。

サブがすっかり気の抜けた顔で言う。

「寝ぼけてたんじゃねぇの？」

「違いますよ！　メチャクチャ起きてました！」

抗議しようとしたジュエルだが、詳しく説明しようとするとまず自分がコッソリ筋トレをしていた話から始めなければならない。それはなんとも格好悪い気がして、彼はぼやかしながら続けた。

「その……たまたま起きてこっち降りてきたときに、小さ〜くボソボソ喋《しゃべ》るような声が聞こえたんスよ」

「ボソボソ？」

「何言ってるかはわかんなかったっス。で、気のせいかなと思ってたら……いきなり悲鳴が」

これで信じてもらえないなら他にどうしようもない。ジュエルが精一杯の説明を終えると、佐々木が困り顔でサブを見た。

「悲鳴ね……ボクたちは聞いてないけど、たとえばサブちゃんのやってるゲームの音とかはどう?」

「違うっスね。やってたのホラゲーじゃないんで」

今夜もサブはＦＰＳゲームに興じていた。ガチガチに武装したキャラクター同士が争うもので、流れる音声は悲鳴よりも銃火器の効果音の方が圧倒的に多い。

「それにスピーカーじゃなくて、ちゃんとイヤホンつけてるし。今日はそこまで排熱ファンの音もうるさくなかった……はず」

実を言うと先ほどまで寝落ち寸前だったので、あまり自信はなかったりする。

文蔵は険しい顔で天井を睨《にら》んだ。

「このところ続くな」

「このところ?」

佐々木がぱちくりと瞬《しばたた》く。

先日のノックの音がした事件のとき、彼はその場にいなかった。

「ああ、店の方でも何度かあってな」

「そうなんだ……なんだろう、気になるね」

一度ならともかく、立て続けに何度も妙な音がするとなると、偶然ではなさそうだ。

佐々木と文蔵が揃って悩んでいると、ジュエルが騒ぎ出す。

「あの、これって心霊現象ってやつなんじゃないですか⁉　それ以外説明つかないっスよ！」

「落ち着け」

未《いま》だ混乱している様子のジュエルに突っ込みを入れつつ、文蔵は腕を組む。

「まぁ、ちょっと調べてみるか」

「し、心霊現象を……⁉」

「まだそうと決まったわけじゃないでしょ」

呆れ顔のハナがさらに突っ込む。ちなみに、彼女の背後ではクリシュナが震えている。

佐々木が不安そうに言った。

「他の原因の方も心配だよね。ないとは思うけど、泥棒が入り込んでるとか」

「えっ……」

「そういう事件もあるらしいよ」

気づかないうちに誰かが天井裏などに入り込んで待ち伏せる、あるいは住み着く。

そんな状況を想像したのか、ジュエルは後ずさった。

「今のところ変な気配や匂《にお》いは感じないから、違うとは思うけどな」

「まあね」

そう返しながらも、佐々木は気を引き締めるようにキリッと目を吊り上げた。

「でもウチには売り上げ金があるってわかってるだろうし、空き巣や強盗のターゲットにならないとも限らないから。いざとなればお店を守らなきゃ」

「お店を……」

「守る……」

怖がっていたジュエルとクリシュナが、佐々木の話を繰り返す。

文蔵はうんと頷いて今後の方針を決めた。

「ひとまず、明日から交代で下の階を見張ってみるか。安全のため、二匹一組で」


この話を珠子が知ったのは、翌朝の開店準備中だった。

「うー……」

営業前のブラシをかけられているクリシュナが、憂鬱《ゆううつ》そうな表情でうめく。

「すみません、クリシュナさん。ブラシあんまり気持ちよくなかったですか？」

「あ！　いえいえ、違うんです！　珠子さんのせいではなくて……！」

珠子が聞くとそんなことはないと否定するのだが、クリシュナの顔はやはり憂鬱そうなままで晴れない。

となるとどこか具合でも悪いのかと心配した珠子だったが、その前に横で順番を待っていたハナが言った。

「まだクリシュナは早い時間だからいいじゃん。それにひとりでやるわけじゃないし。大丈夫だって」

「そうなんだけど……」

「……？　どうかしたんですか？」

どうやら何かする予定があるらしいと察して、珠子はハナに事情を聞いた。

「クリシュナねー、今日の夜お店の張り込みすることになったから怖がってるの」

「張り込み？」

「お店で変な音とか声がするって話あったでしょ？」

「ああ、この間の……またあったんですか？」

「そうなんですよ！」

クリシュナがガバッと起き上がった。

「しかもこの部屋でですよ⁉」

「この部屋で……？」

珠子は今いるスタッフルームを見回した。

いつも通り、特に変わりはない部屋だ。

従業員たちにブラシをかけ終えたあと掃除する予定だが、毛のことを考えなければ今でも充分片付いている。

怪談話の舞台になるようには……見えない。

「ゆうべ、この部屋でジュエルさんが話し声と悲鳴を聞いたって言うんです」

「話し声ですか？　それは今までとちょっと違いますね」

「ハイ。そのとき寝ぼけてたんじゃないかって話もあったんですけど……」

クリシュナは大きな手を口の横に当て、内緒話をするように潜《ひそ》めた声で言った。

「でも、ジュエルさんって夜トレーニングしてるでしょう？」

「でしたね。あ、なら寝ぼけてるはずないですよね……」

「そうなんです！」

ジュエルの夜中の習慣については、クリシュナも珠子も知るところではある。指摘すると恥ずかしがるだろうと思って気づいていないふりをしているだけだ。

だから、夜中にジュエルが体験したというその話に俄然《がぜん》信ぴょう性があるように感じる。

「……私も今日泊まっていっちゃダメですか？」

珠子が言うと、クリシュナが慌《あわ》てた。

「えっ！　何が起こるかわからないし、危ないですよ⁉」

「みなさん一緒にいるなら大丈夫ですよ。明日のお店もありますし、交代で見張るなら少しでも手が多い方がいいでしょう？」

「珠子さん……」

クリシュナは潤んだ目で珠子をじっと見つめると、嬉しそうに言った。

「すごく心強いです……ありがとうございます」

心から感謝している様子のクリシュナに対して、珠子はそれ以上野暮なことは言わない。言わないが。

怪談好きの珠子としては、少しワクワクしていた。

「よし。それじゃ、まず全員の持ってる情報を共有するか」

文蔵の一声で、皆がごくりと唾《つば》を呑《の》み込む。

その日の閉店作業後、シャッターの降りた『ラーメン赤猫』のスタッフルームには従業員全員が集合していた。

晩ごはんの野菜と鴨肉《かもにく》のスープを食べつつ、作戦会議である。

「今のところ、変な音がするのは夜なんですよね？」

珠子が確認すると、文蔵は頷いた。

「オレは一回朝の仕込み中に聞いたけど……それだけかな」

「えっ！　なんスかそれ。聞いてないっスよ⁉」

椀《わん》を取り落としかねない勢いでジュエルが動揺する。

「言ってなかったっけ。まぁ大したことじゃないからあとで説明する」

「大したことありますって！」

いきなり驚かされたジュエルが抗議している横で、佐々木がそっと珠子の様子を窺う。

「社《やしろ》さん、本当に大丈夫？　今日だけじゃ終わらないかもしれないけど……」

「大丈夫です」

珠子は微笑《ほほえ》んだ。

以前急遽《きゅうきょ》泊めてもらうことになった経験もあるし、何より珠子も『ラーメン赤猫』のメンバーの一員だ。

「あ……でも、それなら明日一度着替えを取りに行かせてもらえると助かります」

「いいよー、行っておいで」

佐々木は快《こころよ》く笑って返した。

① 文蔵の証言

まずは店長である文蔵から、順に知っていることの共有が始まった。

「さっき言ったけど、一昨日《おととい》の朝の仕込み中にボソッと喋るような音を聞いたな。先週聞いたのと同じ感じ」

「閉店作業中に言ってたやつですか？」

「そうそう。あとはもうないかな」

珠子が確認すると、文蔵は肯定する。

異音騒ぎの始まった最初の日、最初に異変に気づいたのは文蔵だった。ここまで同じような現象が続いていることを考えれば、あれも気のせいではなかったのだと見做《みな》してもいいだろう。

「それはみんな聞いてないよねー。そのあとのノックの音は聞いたけど」

「そっスね」

ハナに視線を送られて、サブが同意する。

ジュエルもうんうんと繰り返し頷いた。

「ボクも聞きました。絶対お客さん来たと思いましたもん」

「あーでも」

サブが今気がついたようにポロッと言った。

「お客さん来たにしては、足音聞こえなかったの不思議じゃないスか？」

「…………」

「…………」

確かにそうである。

誰も反論しないあたり、文蔵もハナもジュエルも誰も足音を聞いていないらしい。

スタッフルームに嫌な静けさが広がりそうになって、珠子は慌てて話を変えた。

「つ、次行きましょう！」

② 佐々木の証言
「そのノックの音が聞こえたってとき、ボクはスタッフルームの方にいたけど……特に何も聞こえなかったなあ」

佐々木はいつも通りののんびりした口調で証言してくれた。

証言の内容も、いたって平和的なものである。

念のため珠子はさらに質問した。

「スタッフルームで変わった音がしたことはないんですか?」

「確かにな。佐々木、一匹でこっちにいることも多いだろ」

「うーん……」

文蔵にも念押しされるように問われて、佐々木は自《みずか》らの記憶を探る。

「あったような……気もするけど。ミシッて柱の軋《きし》む音とか。でもそのぐらいはウチみたいな建物だと普通にあるからね～」

「そうですよね……」

経年劣化や小規模な地震、湿度の変化などの影響を受けて建築物が軋むことはままある。

頻繁に起こるようなら問題だが、それ自体は自然現象でありおかしくはない。

佐々木の聞いた音は、今回の件に関係しているとは言いきれなさそうだ。

③　サブの証言
「最初のノックの件以来なんにも聞いてないっス」

証言終了。

これまでの中でも最速で次に順番が回りそうになって、佐々木は苦笑しながらもう一度質問し直した。

「サブちゃんよく遅くまでゲームしてるでしょ。夜中になにか聞いたりしてない？」

「まったく聞いてないっスね。イヤホンしてるからかもしれないけど……」

サブはあっけらかんと答える。

勘や聴覚には優れているはずのサブが気づかないのなら何もないのか、それとも本人の申告通りゲームに夢中で聞《き》き逃《のが》しているのか……。

「例の音がするのは一階だけなのかもな」

文蔵が総括して、順番は次に回った。

④　ハナの証言

「うーん……」

自分の番になっても、ハナはなかなか喋り出さなかった。

クリシュナが隣から不思議そうにその顔を覗《のぞ》き込《こ》む。

「ハナちゃん？」

「これね、言おうか迷ってたんだけど……昨日わたしも聞いちゃったんだよねー」

「ええっ⁉」

「やっぱり製麺室の方で……クリシュナが怖がるかなって思って今まで言わなかったんだけど……」

まだ少し迷っている様子で、ハナはクリシュナを見上げる。

「昨日の閉店作業のとき、夕ごはん作りに先に上がってくれたでしょ」

「うん」

「それから一回も下に降りてきてない？」

「うん……まさか」

質問の内容から続く言葉を察して、クリシュナは青ざめた。

ハナがぼそりと言う。

「誰もいない製麺室から音がしたんだよねぇ……」

「～～～～！」

クリシュナが口を押さえて声にならない悲鳴を上げた。ここでゴァァと思いきり叫んでいないだけ我慢している。

ほぼ動じず晩ごはんを食べながら、佐々木がハナに聞いた。

「どんな音？」

「ゴゥン、ゴゥン、みたいな。製麺機が動いてる？　って思ったんだけど、見たらちゃんと止まってた」

「なるほどね……」

これまでになかったパターンの異音である。

佐々木はそれを頭の片隅に留《と》めておくことにした。

⑤　クリシュナの証言

「みなさんがノックの音を聞いた日に製麺室で……正直に言うと、今でもシャッターが風で揺れる音がちょっと怖いです」

クリシュナはうつむきながら証言し、突然バッと顔を上げた。

「しかもみんなが怖い話するから……！」

「ゴメンって……」

先ほどさらに『怖い話』を追加してしまった自覚のあるハナが、きまり悪そうに謝る。

「クリシュナさん自身はあれから何も聞いてませんか？」

珠子が聞くと、またクリシュナはしゅんとうつむいた。

「聞いてないです……」

⑥　ジュエルの証言

「すごいハッキリ悲鳴が聞こえたんスよ!!　昨日!!　ここで!!　嘘《うそ》じゃないっス!!」

「わかったわかった」

順番が回ってくるや否《いな》や訴えるジュエルを、サブが適当にたしなめる。

ジュエルはハーハーと興奮して息を吐いた。

「みなさんも聞いたらすぐわかるはずなんで……絶対に何かいます……」

「『何か』なぁ……」

文蔵が腕組みをしたまま首をひねる。

異音の内容は声だったり、音だったり、いまいちはっきりとしない。何が原因なのかも推測しようがなかった。

⑦　珠子の証言

「……最後は私なんですけど」

珠子は食べ終えた椀を横に置いて、膝《ひざ》に手を置きながら大真面目に言った。

「みなさんの話した音、どれもまったく聞いた覚えがないんですよね……」

ここまで猫×5＋虎×1の証言を聞いてみたものの、未だにピンと来ていない。聞こえた派が圧倒的多数なので、こうなってくると自分の耳は本当に大丈夫なのだろうかと疑いたくなってくる。

佐々木も食べ終えた椀にスプーンを置きながら、珠子を見上げた。

「それ以外にも変わったことに覚えはない？」

「ないですね。普段通りです。すみません、お役に立てなくて……」

珠子が恐縮すると、佐々木は気にしないでと前足を左右に振った。

「それも重要な情報だよ。にんげんの耳には聞こえない音なんだっていう、立派な特徴かもしれない」


全員の情報共有が済んだところで、文蔵が立ち上がって号令をかけた。

「じゃ、昨日言った通り基本は二匹一組のペアで、交代制。社さんは様子を見ながら加勢してね」

スタッフ総出の張り込み調査の始まりである。

各自仮眠を取りつつ、三時間おきの交代で朝まで店を見張る。比較的荒事慣れしている文蔵・佐々木・サブはバラバラに、残りのメンバーと組むことになった。

いつどのペアのタイミングで、何が起きてもいいように——と、充分備えてのことだったのだが……。


一日目。

収穫なし。


二日目。

何事も起きず。


三日目、とうとうハナがしびれを切らした。

「もー!! 張り込み始めた途端に音しなくなるってなんなの⁉」

「そ、そんなこともありますよ……きっと」

珠子がまあまあ、とハナをなだめる。

これで三日連続となったスタッフ揃っての夕食時。ハナのように叫びはしないものの、誰もが思っていたことだった。

文蔵が困り気味に問いかける。

「営業中とか、閉店作業中に聞いたやつもいないのか?」

「聞いてないっス」とサブ。

「ボクも聞いてないや。ここ三日、結構ホールに出てたっていうのもあるけど」

佐々木も首を横に振る。ありがたいことに日中はお客さんが絶え間なく来てくれて賑やかなこともあり、微かな音を気にかける暇がない。

文蔵は続けて、珠子にも聞いた。

「社さんは?」

「私も相変わらず、なんにも……」

珠子が申し訳なさそうに肩を縮めると、佐々木がため息をつく。

「困ったね〜。いつまでも社さんに泊まり込んでもらうのも申し訳ないし。全然お家帰れてないでしょ」

「あ、それは平気なんですけど……みなさんのご迷惑でなければ……」

初日の張り込みの後、珠子は午前休をもらって自宅に荷物を取りに帰っていた。

そのため泊まり自体に問題はないのだが、交代制とはいえ営業後に店の見張りを続けるのは、従業員全員の体力のためにもよくない。

「ぜんぜん何も起こりそうにないし、張り込みやめる？」

「そうだな。今日で一旦最後にするか」

ハナに同意する形で、文蔵は調査の打ち切りを決めた。

「で、でも……」

そこに、異論を唱える声がする。

挙手していたのはクリシュナだった。

「ホラー映画とかだと、油断したときが一番危なくないですか……？」

「ホラー映画？」

話の展開についていけず、一同はクリシュナを見た。

最初に理解して微笑んだのは、B級ホラー映画好きの珠子である。

「ふふっ、確かにそうかもしれないですね。一度何もないと思わせてからの本番の衝撃、ってホラー映画やパニック映画のお約束ですし」

「ですよね⁉」

何か怖い記憶を蘇らせたらしく、クリシュナが吼《ほ》える。

「ゾンビも幽霊も、何故か一回フェイントかけてくるんですよ！　ひどいです！」

「そう？　その前に結構『出そう』な雰囲気出てると思うけど……」

「わかんないもん！」

ハナは冷静に言うが、クリシュナはぶるぶる首を振っている。

珠子はハナに同意だった。

「明らかに『ここには何もないですよ～』って見せる感じのカメラワークだと予想できちゃいますよね。特に意味もないのに誰もいない廊下を映すとか」

「そうそう。アレ、一回別のところを映して、もう一度見たら何かいるってやるための前振りだよねー」

ジャンプスケアー――急にショッキングなものが飛び出してきて怖がらせるタイプのホラー演出――にしても、わかりやすい前振りがある場合がある。

その手の映画好きにとっては、『お約束』というやつなのだ。

「あとは物音だけがして他に異変はないっていうのもよくある前振りで……」

「……それ、今じゃないっスか？」

「あはは……すみません……」

そのまま話し続けていた珠子は、ジュエルにじとりと見られて苦笑いした。

「まぁ、原因不明のままだと不安は残るよね。万が一にも、お客さんに何かあったらいけないし」

佐々木がやんわりとその場を収めようとする。

それを聞いて、クリシュナがハッと顔を上げた。

「どうしよう、泥棒なら頑張って立ち向かえるけど、オバケなら倒せない……」

「そうですよね……映画みたいには行きませんよね」

「へっ？」

思いもよらない意見が聞こえて、クリシュナは珠子を見た。

珠子も珠子で、クリシュナの反応が意外という顔をしている。

「えっ。結構オバケを撃退する方向のホラー映画も多くないですか？」

「言われてみれば……？」

苦手という自覚があるのでたくさん見ているわけではないものの、そうかもしれないとクリシュナは思い直した。

「加減によっては、ホラーというよりバトルものみたいになっちゃうんですけどね。それもそれで面白いんですが」

「だけど……オバケでも撃退する方法があるってことですよね？　そういう展開の作品だって作られてるんですから！」

「それはものによるような気が……」

珠子はこれまで見てきた映画を思い返す。

ゾンビ系かゴースト系かでも異なるし、洋画とジャパニーズホラーでもまた異なる。作品ごとに登場する怪異の設定は異なるので、当然対処法もまちまちだ。

佐々木が前足でパッと何かを撒《ま》くような仕草をする。

「怪談？　幽霊話？　だと清めの塩で対応するとかあるよね」

「塩なら店にあるぞ」

「あ……それはやめた方がいいと思います」

調理場を振り返った文蔵を珠子は止める。

「食塩で対応できるタイプのオバケが出るのはコメディ寄りのホラーで……たいていは塩撒いても効かないっていう展開になりますから」

いわゆる『死亡フラグ』に直結しかねない。無事に事件解決することを望むのなら、なるべく取らない方がいい選択肢だ。

ハナが付け足す。

「掃除も大変そうだしね」

「ですね」

珠子は苦笑した。店内に盛り塩は誤って倒してしまうおそれがあるし、直接撒くとなるとその後の掃除の手間が増える。何より、まとまった量の塩が猫たちの口に入れば危険だ。

「他に気をつけることってあります？」

ジュエルに聞かれて、珠子はうーんと考え込んだ。

幽霊、怪異の対処法……。

あるいは、避けなくてはならない死亡フラグ……。

特に、閉鎖された空間である店内に出るもの……。

家や店など、特定の場所にしか出ない怪異相手の場合、往々にして主人公たちはその場所の放棄《ほうき》という手に出ることがある。

が、「店を守りたい」という目的に対して完全に本末転倒であるし、映画の中でもその選択は「それでも逃れられなかった」という展開に繋《つな》がることも多い。

これが映画なら残りの尺から展開を推測することもできるのだが、現実はそうも行かなかった。

「ベタですけど、排水口とかシンク、家の中の隙間《すきま》を覗き込まないこと……？　とかでしょうか」

「排水口？」

「本当に定番なので……」

排水口に潜んでいるタイプの怪異、排水口から血や髪の毛が出てくるタイプの怪異。

いずれにしても奥が見えず、中に誰も潜めるはずがないと思われる場所だ。

ジュエルはギギギと油を差していない機械のようなぎこちなさで、スタッフルームの隅を見た。

「………」

「なんにもねーよ」

サブが否定しても、ジュエルはつい積み上がった物の隙間を凝視してしまう。

「ま、心配するだけしといて本当になんでもないことが原因ってオチも充分あるしな。それが一番だ」

文蔵が笑いながら言うと、つられるように軽い笑いが湧き起こった。

「そ……そうっスよね！　ハハ」

珠子も当《あ》たり障《さわ》りなく笑ったが、何か引っかかることがあるようにぎこちない。

クリシュナはそれに気づいて、不安そうに聞いた。

「珠子さん？」

「……すみません、でも映画だと話を本気にしてないキャラから退場するなって……」

猫たちがピタリと硬直する。

「本当にすみません！　今いろいろ思い出してた流れで……！」

珠子は大急ぎで謝ったが、実際、彼女の言う通りそれも『お約束』の展開だった。


その日の深夜、珠子は近くで誰かが動く気配を感じてハッと目を覚ました。

「！」

「あ、珠子さん、ごめんなさい！」

クリシュナが小声で謝罪する。

暗がりの中でそうっと体を動かしていたのは彼女だったらしい。

このところ、珠子たちは二階の居住スペースで集まって寝起きしていた。見張りの交代の時間になると静かに起きて入れ替わるという具合である。

今日の組分けでは同じ組だったこともあり、珠子とクリシュナはぴったり寄り添って眠っていた。明け方、下の見張りと交代する予定だった。

「クリシュナさん……？」

ところがまだ、カーテン越しにもわかるほど辺りは暗い。

「交代の時間には早いですよね……？」

「そうなんですけど……いま下の階から音がした気がして」

小声で話していると、もう一つのヒソヒソ声が会話に加わる。

「うん。何かひっかくような音がしたね」

「あ、佐々木さんも聞こえましたか？」

付近で丸くなっていた佐々木が、おもむろに近くに置いていたスマホのスリープを解除する。パッと明るく輝いた画面には、現在時刻が表示されていた。

「二時か……いま下にいるのって、文蔵くんとハナちゃんだっけ」

「そのはずです」

珠子は答えながら、むくりと起き上がって周りを見回した。

階段下を覗き込みに行こうとして起きたクリシュナ、時間を確認している佐々木、今起きた様子で伸びをしているジュエル。

「サブさんもいませんね……？」

「あれ⁉　本当だ」

佐々木も驚いて周りを見る。

眠る前にはサブも確かにこの部屋にいたのだが、今はどこにも姿がない。サブが黒猫だから目立たないということではなく、本当にいない。

ジュエルが自分たちの部屋の方を見て言った。

「どうしてもゲームしたくて部屋に戻ったんじゃないスか？」

「その可能性もありますけど……」

サブのゲーム好きは皆の知るところであるし、以前珠子が泊まったときもサブは部屋でゲームに興じていた。

だが――なんとなく胸騒ぎがする。

「……下、静かっスね」

「ハナちゃんたち大丈夫かな……」

ジュエルとクリシュナが心配そうに言う。

今回も珠子には心当たりがなかったが、クリシュナたちが揃って起きるぐらいの音がしたのだろう。そしてそれ以来、一階はシンと静まり返っている。

珠子は立ち上がって、電気を点けた。

「私、ちょっと様子見てきましょうか」

「ダ……ダメです！」

そのまま階段を下りようとする珠子を、クリシュナが大慌てで止める。

「珠子さん、ひとりで行っちゃダメです！　こういう時はひとりになった順にやられていくんですよ〜!!」

「それはそうかもしれないですけど……」

まだホラー映画の連想が続いているらしく、クリシュナは必死だ。珠子としては別にそこまで気にしていないのだが、一生懸命心配してくれるクリシュナを無下《むげ》にして強行突破するわけにもいかない。

すると佐々木が続いて立ち上がって、珠子たちより前に出る。

「じゃあみんなで一緒に降りようか。文蔵くんなら大丈夫だと思うけど……」

「佐々木さん……」

「ついてきて。なにかあったら先手必勝だからね」

爪を出してくわっと威嚇《いかく》の顔を作る佐々木も、完全に冷静とは言《い》い難《がた》かった。

「な、なら！　なら私が先頭に出ます……！」

「クリシュナさん、無理しなくて大丈夫ですから」

怯えながら勇気を振り絞って先鋒《せんぽう》を志願するクリシュナを落ち着かせつつ、珠子はゆっくりと佐々木に続いて階段を降り始めた。

さらにその後ろを、そそくさとジュエルがついてくる。

誰もいないのだから当然なのだが、下のスタッフルームは不気味なまでに静かだった。

店に続く扉を開ける一瞬、緊張が走る。

しかし、開けてみると――。

「？」

不思議そうな顔で振り返るハナがそこにいた。

特に怪我《けが》もなく、何か大変なことが起きた様子もなく、平和な『ラーメン赤猫』の店内が引き戸の先に続いている。

「ハナちゃん！」

クリシュナがわっと泣き出して、ハナに飛びついた。

「無事でよかった……！」

「なに、どうしたのそんなに慌てて」

ぎゅうっと抱きしめられながら、ハナは未だに状況が摑《つか》めていない顔だ。

「お店の方から音がしなかったかって話をしてたんですけど……もしかして、ハナさんたちには聞こえなかったんですか？」

「うん」

珠子が聞いてみると、案《あん》の定《じょう》ハナは頷いて調理場の方を見た。

「聞こえなかったよね？　さっきまでスープの煮える音は聞いてたけど」

「何もなかったな」

調理場には文蔵の姿があった。

こちらも特に変わりない、いつも通りの様子の文蔵だ。

佐々木はホッと胸を撫《な》で下ろした。

「スープ？　そういえばいい匂いするね」

「ちょうど小腹のすく時間だからな。軽く夜食を用意してた」

そう答える文蔵の近くで、温かいホタテと青菜のスープが湯気を立てている。

近くの席ではサブが無心で具材を口に詰め込んでいた。

「サブちゃんいないと思ったら……ここにいたの」

「まかないの匂いがしたんで」

はぐはぐとホタテを食べながらサブが返事する。

どれほど前からか、文蔵が調理を始めた匂いを嗅《か》ぎつけて下の階に降りていたらしい。

いろいろと心配したが、それらはすべて杞憂《きゆう》だったようだ。

「みんな降りてきたなら、もう少し作るか」

文蔵が追加の青菜を洗おうと、流しの蛇口をひねる。

店内に突如として耳慣れない甲高い音が響き渡ったのは、その時だった。

キィィィ――――。

「⁉」

初めは黒板をひっかくような嫌な音だったものが、歪《ゆが》み、反響し、まるで人の悲鳴のようにも聞こえてくる。

キィィ————アァァ————。

「なになに⁉」

「あ、こ、これっス！　スタッフルームで聞こえたの！」

「私にも聞こえます……！」

珠子は思わず耳に手を遣《や》って顔をしかめた。

喉《のど》の奥から無理矢理絞り出しているかのような絶叫、にしてはやけに長い。

文蔵は壁を見た。壁からその悲鳴が聞こえるように感じたからだ。

しかしすぐに天井を見る。音は天井に移ったようだ。

今度は同時に、調理台の下と流し台の下から。

あちこちに響いているのか、複数箇所から発せられているのか、音の出所がはっきりしない。猫たちは警戒して毛を逆立てると、各々に音がすると思う方を見た。

音が動いている。

そこかしこで聞こえていた音が一か所に集まっていくのを感じて、文蔵は耳に意識を集中させた。

「流しの下だ！」

文蔵が鋭く叫ぶのとほとんど同時に、サブが流し台に向かって飛びかかった。

〇・五秒遅れて文蔵、さらに佐々木も流し台の下へ駆けつける。


ボゴッ、というこれまでとは違う鈍い音がした。


一瞬だけ、珠子に言われた「排水口やシンクを覗き込んではいけない」という話が、文蔵たちの頭を過《よ》ぎる。

そして、次の瞬間――。

猫のくしゃみのようにプシッと小さな音がして、流し台の下の配管から水が噴き出してきた。

排水管の亀裂から細く勢いよく放出された水は、みるみるうちに彼らを濡らしていく。

「…………」

「…………」

「…………」

三匹の猫は濡《ぬ》れ鼠《ねずみ》になりながら、呆然《ぼうぜん》とするしかなかった。

悲鳴に似た音は完全に止まっていた。

その代わりのように、流し台の下の排水管から止《と》めどなく水が噴き出している。

「みなさん！　大丈夫ですか……⁉」

焦った声を上げながら覗き込んでくる珠子たちを見上げて、文蔵は首を斜めに傾けた。


「……うん。水漏れ、かな？」


流し台の下のひび割れた管を新しいものに替えつつ、若い青年――『ラーメン赤猫』の家電や設備の修理を請《う》け負《お》っている城崎《しろさき》はうーんと唸《うな》った。

「あー、結構脂《あぶら》がついてますね。仕方のないことっスけど」

「やっぱり？　そうだった……？」

佐々木も横から様子を見る。

調理場の流しの下から水が噴き出してきた翌朝、急遽佐々木は城崎を呼んでいた。

ひとまずタオルで塞《ふさ》いだだけの状態では営業もままならないからだ。

「流しの下の漏れてたところは直したんで、ひとまず今日の営業に影響はないと思います。

ただ、他の配管も早いうちに一度ちゃんと調べてから処置した方がいいスね」

「わかったー。ありがとね。予定見てこなきゃ」

排水中の油脂《ゆし》や細かいくずを取るグリストラップがあるとはいえ、飲食、特にラーメン店にとって配管の汚れは避けられない宿命のようなものである。

佐々木たちも気をつけていたのだが、少しずつ蓄積された油脂分が排水管の流れを悪くしていたらしい。異音の原因はそれだと推測された。

「まだしばらくは変わった音がすると思うんスけど、それは壁の奥の配管の方が原因だと思うんで」

城崎が立ち上がる。

少し離れて作業の様子を見守っていた珠子は、念のため訊《たず》ねた。

「製麺室やスタッフルームの方でも音が聞こえてたみたいですけど、それもですか？」

「多分。反響とか、配管伝いに別の部屋で音がするってケースもあるらしいっスよ」

「反響とか、配管伝い……」

珠子は繰り返して言って、店の壁を見た。

内装で見えない裏側に格納された配管伝いに響く、僅《わず》かな排水管の詰まりの異音。

にんげんの珠子には聞こえない、まだ猫たちだけが気づく程度の音だったということは、流し台の下以外については比較的早期発覚の部類に入るのだろう。

「城崎さん、ありがとうございました」

「急に来てもらってごめんねー。お金はいつものところに振り込んでおくから」

「ウス、じゃあまた」

城崎が持ってきた工具類をまとめて持って帰ろうとする。

その手から、レンチが一本滑り落ちた。

カランッ――。

「あ……スンマセン」

さっと屈《かが》み、城崎はすぐに床に落ちたレンチを拾い上げた。

そして顔を上げ、不思議そうに瞬く。

「あれ、どうしたんスか？　何かありました？」

店には何故か、硬直した妙な空気が流れていた。

「な……んでもないよー、気にしないで」

佐々木の返しはぎこちない。

やや遅れ気味の仕込みをしていた文蔵も、僅かながら尻尾《しっぽ》の毛が膨《ふく》らんでいるように見える。

「……？　やっぱり変じゃないですか？」

「ホ、ホント大丈夫だから！」

「それならいいスけど……」

微妙に腑《ふ》に落ちない様子で城崎が出て行ったあと、スタッフルームで待機していたメンバーたちが一斉にササッと顔を出した。

突然の呼び出しだったため、猫アレルギーの城崎が薬を飲めていない可能性も考え、念のため離れて待機していた組だ。

「城崎くん帰った？」

「はい」

ハナに聞かれて、珠子が返事をする。

そうするとすぐにハナたちは店内に出てくる――かと思いきや、やっぱり何故かなかなか動かなかった。

「あのさー。それと……」

「はい？」

「その……さっきなんか音したけど……」

まだ気がかりがあるかのように、ハナは上目遣《うわめづか》いでチラチラと珠子の顔を窺ってきた。

一緒に控えていたサブたちもどこか落ち着かなく見える。

「ああ、城崎さんが工具落としちゃったみたいで。その音ですよ」

「あ、そうなの？」

珠子の説明を聞いた途端に、ハナがパッと顔を上げた。

「な～んだ。そっか！　じゃ、開店準備しよっかな。掃除は夜中片付けるときにもやったけど」

ようやく待機組がホッと息を吐いて、ぞろぞろ部屋から出てくる。

そして何も言わず、皆てきぱきと作業を始めた。

「………」

それはもうてきぱきとした仕事ぶりだった。

いつも以上に。まるで仕事に没頭することで恐ろしいことを考えないようにするかのように。

どうも気のせいではなく、奇妙である。

「あの、思ってたんですけど……」

珠子は遠慮がちに、店を見回して言った。

「なんだか今日、みなさんソワソワしてません？」

「！」

図星を突かれた猫たちがギクッと体を揺らす。どうやら今回の幽霊事件をまだ引きずっているらしい。

『ラーメン赤猫』に完全な平穏が戻るまでには、もう少し時間が必要そうだった。

三杯目

アイドルキャットのつくり方

青いのれんを客がくぐり、『ラーメン赤猫《あかねこ》』の引き戸が開く。

「イラッシャセー」

出迎えた黒猫のサブを見、厨房《ちゅうぼう》の奥の文蔵《ぶんぞう》を見、ホールにも猫たちがいるのを見て、その男性客は大きく目を見開いた。

「おお……！　す、すごい。本当に猫がいる。しかもたくさんいるぞっ」

興奮気味の彼は、この店では初めて見る顔だった。

大方、人づてに『ラーメン赤猫』のことを聞いて初めて訪れた猫好きだろう。

入り口に立ち止まってきょろきょろするその客を、柔和な笑《え》みを浮かべた佐々木《ささき》が案内する。

「いらっしゃいませ～。カウンター席でよろしいですか？」

「あ、ああ」

「こちらへどうぞ～」

未《いま》だ慣れない様子で辺《あた》りを見回しながら、男性客は席に着いた。

すかさず、コップとおしぼりを載せたトレーを持ったジュエルが歩いてくる。

「お水とおしぼりお持ちしました～」

「ありがとう。こぼさず持てるなんてすごいね。君は？」

「あざっス。ジュエルでぃえす！　よろしくお願いシャス！」

褒《ほ》められて嬉しそうにジュエルが決めポーズをする。

すると男性客はハッとしたように、ずいっと身を乗り出した。

「そうか、君がジュエルくんか！」

「!?」

面識はないはずだが、男性客はあたかも憧れの有名人に会えたかのような上機嫌だ。

「よろしく、よろしく。『ラット』で話は聞いたよ。他の猫さんたちのことも」

「『ラット』のお客さん……？」

それは隣のビルにあるバーの店名だったが、話がまったく見えてこない。

ジュエルは首を傾《かし》げつつ、接客を続けた。

「えーと……ご注文はお決まりですか？　メニューのご説明もできますけど……」

「あ、いや、ちょっと考えさせてくれ」

「はあ……」

そこは決めていないらしい。

頭上にたくさんの「?」を浮かべるジュエルの前で、男性客は冷たい水を呷《あお》った。

それからしばらく男性客はメニュー表を眺めていたが、次第に興味が抑《おさ》えきれなくなったようにカウンターで働く猫たちへ視線を向けた。

「三番さんオッケーっス。オネシャス」

「はーい」

盛り付け終わった赤猫スペシャルラーメンを、サブが佐々木に渡す。

器用に盆に載せたラーメンを持ってテーブル席の方へ向かう佐々木の後ろ姿に、男性客はまた感嘆した。

「お、おおお。猫がラーメンを運んでる。あれって重くないのかい? 大丈夫?」

心配そうに言う男性客に、カウンターの中からサブが返す。

「平気ス。そういう訓練してるんで」

「訓練……!」

男性客は声を上ずらせた。

訓練。いったいそれが何を指すのかはわからないが、とにかくここで働く猫たちは普通の猫たちとは異なる『何か』を持っているということだ。

それは男性客にとって、どうやら期待していた以上の情報だった。

「ここでも、そこでも、あっちでも猫が働いている……なぜ俺はこれまでこの店を知らなかったんだ。いや、見かけてはいたのに、なぜ来なかったんだ⁉」

はたから見ても明らかに感動している様子の彼を、付近に座る常連たちは微笑《ほほえ》ましく見守る。「この人はこれから新しい常連になるかも」などと考えながら。

この店に通ってくる客には、ラーメン好きもいれば猫好きもいる。

特に猫好き、つまり従業員目当ての客の中には、興奮と感動のあまり挙動が変になる者も珍しくはない。『ラーメン赤猫』の従業員たちも常連客たちも、そういう客については心得ている。

「お客さま～」

可愛《かわい》らしい声と共に、カウンターに白い猫が寄ってきた。

左耳には薄桃色の花のピアス。

フリルのついた白いエプロンを着こなし、全力で『カワイイ』を体現している猫。

この店の接客担当のエース・ハナである。

「ご注文はお決まりですかにゃん？」

ハナは男性客を見ると、こてんと首を傾げた。

さっきから感動するばかりで注文をしていない男性客。彼からオーダーを受けて店を回すには、ちょっとした接客のテクニックが必要になる。

上手《うま》いこと注意を引き、話を注文に持っていくテクニック――。

「……き、君だ！」

「にゃん？」

男性客はハナを見ると、目の色を変えて言った。

「君が俺と俺の猫を救ってくれる、キーキャットだ！」

「……なに？　それ」


話は前の晩に遡《さかのぼ》る。

この男性客は弓削《ゆげ》といい、祖父の代から続く骨董品店を営む中年店主だった。

店の客入りは少なくもないが、多くもない。一日に訪れる客の人数、人が来なくなる時間はある程度決まっていて、この日も弓削は時間きっかりに店を閉めた。

閉店作業が終わると、飼い猫と簡素な夕食を摂《と》り、外へ繰り出す。

行き先はバー『ラット』。

彼にとっては馴染《なじ》みのママさんがいる、居心地の良い店だった。穏やかで落ち着いた雰囲気に、自宅から歩いて通える距離なのもあって、ときどきふらりと立ち寄っていた。

「どうも、やってますかね」

「あら、いらっしゃい。どうぞ～」

開いたドアに気がついたママが顔を上げて微笑む。笑うと目尻に寄る皺《しわ》が魅力的だ。

カウンター席に座る先客が片手を上げる。

「おう、お疲れさん」

弓削にとってはこの店で何度か見かけたことのある男性だった。お互い名前もプライベートもはっきりとは知らないけれど、同じ店に通う仲間だからか、不思議な親しさを感じる。

「酒の肴《さかな》にギョウザですか。いいですね」

男性客のつついている餃子《ギョウザ》からは、美味《おい》しそうな匂《にお》いが漂っている。焼かれてからそこまで時間が経っていないようだ。

弓削が隣の席に腰掛けると、男性客はニカッと笑って餃子の箱をこちらに向ける。

「じゃーいくつかやるわ」

「えっ。いいんですか。なら、一ついただきます」

「一個だけでええん？」

「はい」

男性客の言葉に甘えて、弓削はまだ充分に温かい餃子をつまんで頬張《ほおば》る。柔らかい皮を口の中で破った瞬間、旨《うま》みの詰まった肉汁が溢《あふ》れ出してくるのを感じた。

「おお、うまい！」

弓削は唸《うな》った。

確かこの店ではときどき、近くのラーメン店から出前をとっていたはずだ。おそらくこれがそうなのだろうが、本当に美味しかった。

「これは酒が進むわけだ」

「お酒はどうする？　いつものボトルで？」

「うーん。いや、もう少し燻製香《くんせいか》の強い酒があれば、そっちがいいなあ。何かあります？」

「わかったわ。ちょっと待ってて」

カウンターの中でママが酒のボトルを取りに行く。

弓削はそれを待ちながら、何気なくスマホを取り出した。

「あ、そういえば、今朝《けさ》アップロードしたやつどうなったかな」

ロックを解除し、とあるアプリを開いて、肩を落とす。

「……だ～めだ。全然だめ。これならこないだのやつの方がマシ」

「どしたん？」

隣の男性客が弓削の方を見た。

弓削はスマホをそっと掲げて、画面が見えるようにする。そこに映っていたのはＳＮＳの投稿ステータスだった。

「動画の再生数ですよ。まったく、『バズ』ってのはどうやったら起こせるんですかねえ」

弓削は大きくため息をついてスマホを下ろし、カウンターに置く。

画面の中では薄い赤茶色をした長毛種の猫が、座ったままぱたぱたと尻尾《しっぽ》を時折振っている。

「その動画の子、前にお店の看板猫って言ってた子？」

ママが遠目に画面を見て聞くと、弓削は途端に破顔した。

「そうですそうです！　可愛いでしょう」

スマホを手に取って、自慢の愛猫《あいびょう》の動画の一部を指で拡大する。

「目元が特に美人猫なんですよ。ほら見て。クールなモデルさんの流し目みたいでしょ」

「おー」

隣の男性客も一緒になってスマホを覗《のぞ》き込《こ》んで、動画を見た。

クールな、というより無表情なような気もするが。

「巷《ちまた》じゃアイドルキャットやらインフルエンサーキャットやら、いろいろいますけどね、うちの子だって負けないぐらい可愛い。こりゃ間違いなくウケると思ったんですけどね……」

などとひとしきり親バカを披露した弓削であったが、そこまで言ってまたガックリと肩を落とす。

何せ再生数は一番見られたもので八百九十九。『バズった』と評される動画が万単位の再生数を稼いでいることを思えば、足元にも及ばない。他のものも日によって三桁行くか行かないか程度だった。

弓削は「動物の動画はとにかくウケる」という噂《うわさ》を聞いたことがあったのだが、どうもそう簡単にはいかないらしい。

「やっぱ踊れたり、演技ができたり、目立つことのできる猫じゃないといけないんでしょうか」

「んー」

また一つ餃子を食べながら、男性客が何か思い出したように言った。

「それやったらちょうどさっきまで、じゅえるくんがおったんやけどな」

「じゅえるくん?」

耳慣れない名だ。弓削は聞き返した。

「猫のホストクラブやりたい言う猫」

「はあ! そんなすごい志《こころざし》の猫がいるんですか。猫自《みずか》ら!?」

弓削は驚くと同時に大いに感心した。世の中にはあやかりたい猫がいるものだ。

ママがグラスに注《つ》いだ酒をステアしながら言う。

「赤猫さんのところの子でね、このギョウザを持ってきてくれてたのよ」

「そうだったんですか。ああー、じゃあもうちょっと早くに来ていたら会えたなぁ」

「また頼んでみようか?」

「あ、いやいや、ついさっき帰ったとこなら悪いですよ。向こうもお店があるでしょう」

ぜひ会ってみたいとは思うものの、それはあくまで弓削の都合だ。そこに無理を言って来てもらうのは申し訳ない。

「赤猫さんて、すぐ近くのとこですよね? また今度行ってみます」

『ラット』のビルの少し先に、煌々《こうこう》と明かりが灯る青いのれんのラーメン店があることは知っている。

今よりもやや早い時間、まだ夕食時のピークが過ぎる前に来ると行列が延びている店だ。

まだ一度も行ったことはないが、人気店には違いない。

せっかくなら昼食も兼ねて後日行ってみようと、その時弓削は決めたのだった。


「……というわけで、赤猫さんの猫さんを参考に見てみたいなあと思って来たんだよ」

「『バズりたい』ねぇ……」

話は戻って、『ラーメン赤猫』。

これまでの経緯を滔々《とうとう》と話した弓削を、ハナはすっかり冷めた目で見ていた。

なんとか注文はさせたものの、その後しっかり話を聞かされることになってしまった。

しかも、その内容が内容である。

経験上、『バズりたい』を目的に行動するのはあまり良い結果をもたらさない。以前『ラーメン赤猫』に突撃をかけてきた迷惑系YouTuberしかり、再生数稼ぎの行き着く先はトラブルになることも多いものだ。

弓削に悪気はなさそうなので、余計に悩ましいところなのだが……。

「どの猫さんもバッグンに毛並みがいいし、姿勢もいい。その中でも、特に君だ。君のその美しい身のこなしは只者《ただもの》じゃないね？」

どうやら弓削はこの店の中で、ハナのことを一番気に入ったらしかった。

「耳につけているその飾りもおしゃれだし、エプロンもよく似合っている。動画を撮ったら再生数が回ること間違いなしだ」

「…………」

「長年、俺は骨董品店の店主として古今東西の良い品を見てきた。目利《めき》きには自信がある！」

ハナの前で熱弁する弓削。

実際その目はそれなりに確かなのだろう。ハナから教える気はないが、過去ハナにはインフルエンサー猫『らぶぴぴ』として活動した経歴がある。

かなり前のことであり、当時と違ってハナは毛を短く切っている。だが、弓削が参考に眺めたであろう動画の中にはハナのアイドル時代のそれも混じっていたかもしれない。

「何かトレーニングはしてるのかい？　飾りはどこで？　あ、あとブラシはどこのを使ってるんだい？」

「え～っと……」

ハナはとりあえず、言葉を選びながら話を聞いてみることにした。

「お客さんはどうして『バズりたい』と思うんだにゃん？」

営業スマイルを崩さないまま聞くと、弓削はおもむろにスマホを出した。

「ああ、元々は店の宣伝のためにＳＮＳのアカウントを作ったんだ」

そう言いながら弓削がスマホの画面に表示させたのは、自分の店のアカウントだった。

アイコン画像は古い壺《つぼ》の写真。

背景画像は店の外観。

そしてプロフィールの文言は店の住所と電話番号になっている。

典型的な宣伝アカウント、と言って差《さ》し支《つか》えないだろう。

「うちにはもちろん古くからの付き合いのお客さんもいるけれど、ラーメン店の常連さんほど頻繁に取引をするわけではないからね。新しいお客さん、特に若いお客さんにアピールしたくて」

「なんでそれで猫……？」

「そりゃあもちろん、うちの看板猫が可愛いからに決まってるじゃないか！」

弓削はまっすぐな目をしていた。

「動物の動画はウケる。その上、幸いにもうちの看板猫はものすごく可愛い。お客さんの心をガシッと摑《つか》むにはこれしかない」

拳《こぶし》を握って語りつつ、弓削は「まぁ、でも」と苦笑した。

「最初は普通に店の紹介動画を作っていたんだけどね」

「ふーん？」

「それはもう全然ウケなかったんだ。今自分で見てみても確かに地味だと思うよ」

弓削はやや自虐《じぎゃく》気味に笑った。

スマホで撮った店の映像を、慣れない動画編集ソフトでまとめて作った店の紹介動画。初めてということを差し引いても絵面《えづら》がパッとせず、バズる要素は見当たらない。

「でもそこにある日、『猫かわいい』ってコメントがついたんだ。どうもうちの子が一瞬映り込んでたみたいで……これしかないと思ったね」

それってまるで店に興味を持ってもらえていないということなんじゃ、という考えが一瞬ハナの頭を過《よ》ぎったが、口には出さなかった。

ハナは接客のプロフェッショナルである。

弓削は憂鬱《ゆううつ》そうな顔で、スマホに映る自分のアカウントのページをスクロールした。

「だけどいまいち動画の伸びがよくないんだなあ。さっきここの猫さんたちは訓練を受けてるって聞いたけど、うちの子も何かトレーニングすればいいのかなあ」

調理場ではサブが手際よくラーメンを盛り付けていて、その奥では文蔵がラーメンを作っている。そんなことが可能な猫がいるなんて、弓削はこれまで思いもしなかった。

ラーメン屋で働くための訓練と骨董品店の看板猫をこなすための訓練はまた違うような気もするが、弓削にとっては『すごいことができる猫』という点で似たようなものらしい。

「ちなみにこれがうちの猫」

弓削は店のアカウントに過去にアップロードしていた猫の写真を、ハナに何枚か見せてきた。

赤茶色の長毛、アーモンド形の瞳。

お腹のあたりの毛はほんのりと白く、綺麗に手入れされている。

ただ、どの写真も同じ角度、同じポーズだった。

……まるでカメラからプイと顔を背《そむ》けているような。

「この角度でしか撮らせてくれないんだ。はは……」

苦笑いしながら写真を見せ終えると、弓削は今度は動画のリストをスワイプした。

「動画……あ、これが一番再生数行ってるやつなんだけど」

「どれ？」

ハナが弓削のスマホを覗き込む。

音量を少しだけ上げて、弓削は動画をスタートさせた。

『初めまして～！　わたしはアズキにゃん！』

成人男性の裏声らしき高い声がスピーカーから聞こえてくる。

ちなみに、動画の中の猫の口は一切動いていない。赤いクッションの上に座り、目を細めて呆《あき》れたようにカメラを見つめているのみだ。

『今日もお店でみなさんをお待ちし……あ！　あ、アズキちゃん、ちょっと！』

猫がすっくと立ち上がったのと同時に、焦ったような声が入る。

そのまま猫は、あっさりカメラからフレームアウトした。

もう尻尾の先すら見えない。

しばらく小声で呼び戻そうと奮闘しているような音が入り、やがて無理だとわかると、撮影者――すなわち弓削は咳払《せきばら》いをして仕切り直した。

『こ、こほん。可愛い看板猫のアズキちゃんが、お店でみなさんをお待ちしておりま～す！』

再生終了。

動画は終わり、最後のフレームで静止した。

固定された画角の中央に映る赤いクッションには、ついさっきまで猫が乗っていたことを示すへこみがある。それが妙に虚《むな》しかった。

「ん～……。これは……」

流石《さすが》のハナも、コメントに困っていた。ツッコミどころは山ほどあるものの、どこまでストレートに伝えるべきかという問題がある。

弓削は相変わらずニコニコしていた。途中で猫に逃げられている時点で猫動画として成功しているとは言《い》い難《がた》いのだが、本人的には自信作らしい。

再生数が他の動画に比べると伸びていて、それなりにコメントもついていることも自信に繋《つな》がっているようだった。

「ああ、遠慮はいらないよ。直せそうなところや良くないところがあったら遠慮なく教えてほしい」

「…………」

しばらく考えた末、ハナはもう言葉を選ぶのをやめることにした。

「全部」

「えっ」

弓削がピシッと固まる。

ハナは横から弓削の持つスマホの画面をタップした。

動画が再度最初から再生される。

『初めまして〜！　わたしはアズキにゃん！』

自己紹介が流れたところでハナは動画を一時停止して、ジトリと弓削を見た。

「この最初のはおじさんの声？」

「あ、ウン。うちの子はここの皆みたいに喋《しゃべ》ったりしないんで」

「まずはそれ入れないで撮るとこからかな」

「ええっ！」

ショックを受けた様子で弓削がハナを見る。

ハナは容赦なくぴしっと言った。

「なんか全然キャラ合ってる感じしないし」

「うっ」

弓削はうめいた。

動画の中で終始澄まし顔のままのアズキと、弓削のあざとい路線のアテレコはまるで合っていなかった。

動物番組でよくあるアテレコが苦手な人は一定数いるが、まさにそういう層が拒否反応を示しそうなある種の不自然さがある。

「トホホ……確かにコメントでもそういう厳しいご意見はもらってるんだよなあ」

弓削はしょんぼりしながら動画のコメント欄を開いてみせた。

『裏声で草』

『おじさん無理すんな』

『完全に猫に拒否られてる』……と、辛辣《しんらつ》なコメントが並んでいる。

ハナは大きくため息をついて腕を組んだ。

「そもそもさー。この子は動画で店を盛り上げることに賛成なの？」

「アズキちゃんが？」

「そう。訓練がどうとか言っても、結局やるのはその子だし」

動画の感じでは、弓削と飼い猫の間には温度差がある。

ハナは自分の左耳に開けたピアスを見遣《みや》った。

「服やピアスもだよ。ワタシは好きで開けてるけど」

自らの意思で開けたハナでさえ、当時は飼い主による虐待ではないかとひどい論争に巻き込まれた。安易に真似するものではないし、本猫の同意が取れていないならなおさらだ。

弓削は面食らったようだが、だんだんと不安になってきたのかうつむいた。

「それは……その、どうなんだろう……？」

声がどんどん小さくなっていく。

「さっきも言ったけど、うちの子はここの皆みたいに喋らないし……何を考えているのか、正直わからないというか……もしかしたら、嫌な思いをさせてるのかもしれない……」

もごもごと言い訳をしながら、とうとう弓削は完全に沈黙した。

眉を八の字に寄せて弱りきった弓削は、先ほどまでより一回りも二回りも小さく見えた。

「そこのところ、よく見てあげなきゃダメだよ」

「そ……そう、だよね。はあ、せめて喋ってくれたらいいのに……」

完全に気落ちした様子の弓削を見かねて、ハナは一つの事実を補足した。

「別に、喋らないならそれはそれでいいんじゃない？　どうしても嫌だって訴えたいなら、喋ってると思う」

「えっ」

「喋らずに済んでるなら、まああいい関係築けてるってコトでしょ」

飼い猫の意思を確認しようともせず行動するのはいただけないが、何もそこまで悲観するほどでもない。

すべての猫がにんげんの言葉を喋るわけではないのだ。

喋らずとも困らないのであれば、わざわざにんげんの言葉の発音を覚えたり、実際に使う必要はない。喋らない猫の大半はそれで問題なく過ごしている。

弓削は自分の猫が『ラーメン赤猫』の猫たちのように振る舞えないことを気にしていたが、単純にその必要が彼の猫にはないとも言える。

彼の猫は喋ったり二足歩行したりしなくとも、充分に満足しているということだ。

「そうか、そういうことなのか……」

「今後その信頼関係がどうなるかは、おじさん次第だけどね」

ハナに言われて、ようやく弓削は目が覚めた気になった。

再生数稼ぎに躍起《やっき》になって、猫のことも店のことも二の次になっていたかもしれない。

それでは本末転倒だというのに。

「しょうゆラーメン、おまちどー」

どん、と弓削の目の前に出来立てのしょうゆラーメンが置かれた。

どんぶりの上には猫の肉球の柄《がら》の海苔《のり》が載っている。

それを弓削は、じっと見つめた。

「それじゃ、ごゆっくりどうぞ〜」

「あ、待って。猫さん。お名前は？」

去っていこうとするハナを弓削が呼び止める。

「ハナだけど」

まだ何かあるのかと振り向いたハナに向かって、弓削は深々と頭を下げた。

「ハナさん。仕事中にいろいろと不躾《ぶしつけ》な質問をして申し訳なかった」

「ワタシに謝らなくていいから。アズキだっけ？　その子によく話してあげて」

ひらひらと、前足——否《いな》、営業中は『手』だ——を振って、ハナはにっこり笑った。

弓削はそれに、「ああ」と素直に頷《うなず》いた。


「カウンターのお客さん、大丈夫そう？」

奥に戻ったハナに、こっそりと佐々木が確認する。

「もう大丈夫だと思う」

ハナはカウンター席を振り返って、しょうゆラーメンを黙々と食べる弓削を見た。

最初は興奮で挙動がおかしかった弓削だが、今は落ち着いて食事をしている。根は悪い人物ではないようだ。

「ものすご〜い猫好きって感じだから、一回言い聞かせたらもう変なことはしないはず」

この店の中でも、自分の家の猫にも。ハナは心の中で付け足した。

弓削に言ったことは営業トークではなかった。店の中では少々テンションが上がりすぎて注文が遅れたぐらいで、彼はまだそこまで深刻な営業妨害をしたわけではない。

それよりも、ハナとかつての飼い主のように動画や宣伝に振り回される前に、暴走する弓削のアイドルキャット計画に釘を刺せてよかった。

今後弓削と彼の猫がどういう選択をするにしろ、まずは一度頭を冷やしてからの方がいい。弓削は突っ走りすぎていた。すぐに気がついてくれたのが幸いである。

それからせっかくなので、ハナはちょうどカウンターの中で皿洗いをしている珠子《たまこ》にある報告をしておくことにした。

「珠《たま》ちゃん、珠ちゃん」

「はい？」

ハナが小声で話しかけると、珠子が手を止める。

基本、営業中の珠子は黒子《くろこ》に徹して気配を消している。口を開くこともめったにない。

それでも彼女には重要な役割があり、『ラーメン赤猫』の大切な一員だ。

小声のまま、ハナは珠子に伝えた。

「さっきお客さんが、店のみんなの毛並みがすごくいいって褒めてくれたよ。ブラシ何使ってるか聞きたいって言われたぐらい」

「！　ホントですか」

この店に来て以来、従業員全員のブラシかけを研究しているのは珠子だ。

ハナがグッと指を立てて「ナイス」と褒めると、珠子は黒子頭巾《ずきん》の下で照れくさそうにはにかんだ。


それから数日。

お昼のピークをようやく越えて、新しく入ってくる客が減ってきた頃に再び弓削は店にやってきた。ただし今度は、何か大きなものを持っている。

「いらっしゃいませー」

入り口で出迎えたジュエルに、弓削は前回より落ち着いた声で挨拶《あいさつ》した。

「ジュエルくん、こんにちは」

「あ、この間の……ん？」

何かに気がついたように、ジュエルが弓削の持っているものを見た。

弓削はそれには触れず、店内に視線を投げる。

「ハナさんいるかい？」

ちょうどテーブル席の客にラーメンを運び終えたハナが、振り返った。

「？」

「今ちょっと時間いいかな？　忙しかったらまた出直すけど、できれば今だと……」

「ニャーン」

突然、弓削の方から、耳慣れない猫の鳴き声がした。

「あぁ。その子、前に言ってた子？」

すぐに状況を悟ったハナが店の入り口まで歩いてきて、弓削の抱えるキャリーケージを見上げる。

その中には弓削の動画に映っていた、赤茶色の猫が入っていた。

「そう。アズキちゃん。連れてきちゃった」

弓削は困り顔で言った。

「今日は自分からここに入ってくれたから、嫌ではないと思うんだ。病院に行くよって言ったときには絶対ベッドの下から出てこないし」

先日のハナの話を受けて、律儀《りちぎ》に「赤猫に行く」と話してから来たらしい。

きちんとそれが伝わっているのか、アズキは大人しくしていた。

「うちの子の話をハナさんに聞いてみてほしいんだ。猫さん同士なら話はできるだろう?」

「まぁ、一応……」

ハナは答えつつ、ちらりと店の中の様子を窺《うかが》った。

すでに中にいるお客さんたちへの必要な応対は、ある程度終わっている。

次に店長に視線を送る。コクリと文蔵が頷くのを見てから、ハナは弓削の横をすり抜けて店の外に出た。

「にんげんの言葉に全部訳せるわけじゃないよ」

「いいんだ。最低限、アズキちゃんが嫌がってないかわかればいい」

「お店の前でいい?」

「もちろん。あ、俺がいると話しづらいかな」

「ニャーン」

アズキがまた鳴いた。

それがまるで返事をするようなタイミングだったので、弓削はキャリーケージをそっと地面に置いた。

「ハナさん、ええっと……」

「おじさんは何か食べてく？　その間に話すよ」

ハナと自分の猫、二匹の顔色を窺っているような弓削に、ハナは助け舟を出す。

胸に手を当て、わかりやすく弓削は安堵《あんど》した。

「ああ、じゃあそうする。何かあったらいつでも呼んでくれ」


「………」

店の中へと入っていく弓削を見送ったあと、ハナは腰に手を置いた。

「さて、と……」

頼まれてしまったものは仕方ない。

成猫のようだからある程度の意思疎通はできるだろうが、どの程度にんげんの言葉に訳しやすいかは弓削の猫次第だ。

ハナがケージの方を振り返ったとき、小さな笑い声が聞こえた。

「フフ」

カチャカチャ音がしたかと思うと、ケージの扉のロックが解除される。

中から上手いこと留金を動かした犯人は、ゆっくり外に出てきて舌を出した。

「オ騒ガセシテ、ゴメンネ」

「えっ」

ハナは驚いて相手を二度見した。

「ア……アンタ、にんげんの言葉喋れるの⁉」

聞き間違いではなく、それなりにはっきりとしたにんげんの言葉だった。

ハナが聞き返せば、赤茶色の猫が頷く。

「ニャー。吾輩《ワガハイ》ハ猫デアル。名前モアル。アズキ」

そして小さな口から牙を覗かせて、ニンマリ笑った。

「……ッテ鳴クト、オ客サン、ビックリ」

「でしょうね」

「オモシローイ。フフ」

古い静かな骨董品店で、看板猫にいきなり話しかけられたらびっくり仰天するものである。アズキはその反応が楽しいらしい。

喋ることができるなら話は早い。ハナが訳さなくても、アズキが答えた内容をそのまま伝えればいいだけだ。

「あれ？ でもあのおじさん、『うちの子は喋れない』って言ってたけど」

あの様子からしてそれなりに長い間飼っているだろうに、弓削はアズキが喋れるとは少しも思っていなかったようだ。

そうでなければハナに通訳を頼むこともあるまい。

まして、キャラに合わないアテレコを試みることもないだろう。

アズキはにんげんがそうするようにそっと一本指を立てて、シーと息を漏らした。

「ナイショ」

「お客さんをたまに驚かせて楽しむ以外には喋ってないってことか……」

「フフフ」

目を細めてアズキが笑う。

日頃一緒にいてその兆候を一切見ていないなら、弓削もお客さんに「猫が喋った」と言われたところで、冗談か何かだと思ってしまいそうだ。

「それじゃ、あのおじさんがアンタをアイドル猫にしたいって言ってたことも知ってるわけね」

ハナが聞くと、アズキは鳴いて答える。

「ニャー」

「ちなみに聞くけど、その気は？」

「ゼンゼン！」

笑顔のまま、アズキは首を横に振った。

弓削に伝えればまた大きく肩を落としそうな、いっそ清々《すがすが》しい振り方だった。

「ズット撮ル、メンドウ」

弓削が嫌いというわけではなさそうだが、時折行きすぎると面倒になる……という具合だろうか。

それでも喋る必要なく済んでいるあたり、弓削は本当にアズキの嫌なことはしないのだろう。例のアテレコ動画でも弓削は、早々にフレームアウトしたアズキを無理矢理連れ戻すことはなかった。戻ってきてほしくて小声で呼ぶ程度だったのだ。

「デモ、チョトダケ撮ル、イイ」

「あれっ。たまにならいいんだ？」

「ニャー」

ハナが確認すると、アズキはうんうんと頷きながら鳴いた。

「オヤツ貰《モラ》エル。イイ」

「ああ、そういうこと……」

どうやら、カメラの前に誘導するために用意されるおやつが目当てらしい。アズキはおやつのことを思い出したのか、ぺろりと舌なめずりをした。

「うーん……」

ハナは眉間《みけん》に皺を寄せて考えた。

話せるならすぐにこの件は解決するかと思いきや、そうもいかないらしい。

アズキは弓削を嫌ってはいないが、かといって協力的でもなさそうだからだ。アズキをアイドルにしたいという野望は叶《かな》わないものとして、奮闘して空回りしてばかりの弓削もこのままではなんとも哀《あわ》れである。

「とりあえずさ。無理はしないでいいけど、ときどきはカメラやお客さんの前でサービスしてあげたら？」

「サービス？」

「可愛く鳴くとか、ゴロンって転がってみせるとか」

ハナが提案すると、アズキは首を傾げるでもなく、まっすぐ真顔で言った。

「ナンデ？」

「なんでって……」

アズキは真剣にわかっていない様子だった。

しかしそれは裏を返せば、理解してもらう余地があるということでもある。

「そうすると喜ぶから。特に猫好きのにんげんだとね、何でも言うこと聞く！　って言い出すこともあるし」

「フーン？　オモシロソウ」

アズキが少し興味を持って乗り出したとき、店内から足音が聞こえてきた。

「ごちそうさまでした〜」

歩いて出てきたのは、弓削よりも前に店に入っていた女性客たちだ。

ハナはアズキに「見てて」と手振りで示すと、自らの営業モードをＯＮにした。

「ありがとうございましたにゃ〜ん！　また来てにゃん！」

とびきり可愛らしく、とびきり愛嬌《あいきょう》を持ってハナは客を送り出す。

「あ、ハナちゃん！」

「かわいい〜！　バイバイ、また来るね〜」

女性客たちは嬉しそうに顔を綻《ほころ》ばせて、気分よく帰っていく。

その姿がすっかり遠ざかってから、ハナはシュッと表情筋を元に戻してアズキを見た。

「こういうこと」

「ナルホド」

アズキはいかにも納得したような顔で言ってから、ハナを見つめてくる。

「オモシロイネ」

「それわたしに言ってる?」

「フフ」

ジト目でアズキを見てみても、ゆらゆら体を揺らすばかりで効いていない。

ここで張り合ってもどうしようもないので、ハナは話を先に進める。

「とにかく、こんな感じでたま〜に愛想よくしてあげたら、あのおじさん喜ぶよ」

「ホント?」

「ホント。あと、あの感じだと……お店が繁盛したらその分猫に使いそうだしね」

弓削はかなり重症の猫好きに見える。店が盛り上がれば、盛り上がっただけアズキに尽くしそうだ。

ハナがニヤッと笑ってアズキを見ると、アズキも新しいイタズラを見つけたようにニンマリ笑った。

「オモシロソウ。フフ」

それからしばらく、アズキはハナから軽い接客の手ほどきを受けたり、骨董品店で驚かせた客のエピソードをとりとめなく話したりした。

ラ

話し慣れてこそいないものの、「喋ることができない」はまったくの誤りだとわかるレベルにはにんげんの言葉を覚えている。弓削の店を訪れて駄弁《だべ》っている客や、弓削が自宅で流しているテレビから習得したもののようだった。

平凡な猫などとんでもない。

アズキは頭のいい猫だった。動画の再生数云々《うんぬん》で盛り上がっている飼い主の前で話せばどういう展開になるか、完全に理解している程度には。

「これからもあのおじさんの前で話すつもりはないの？」

「ンー……イツカネ」

アズキは答えをはぐらかした。

店の客たちだけでなく、飼い主の反応も常日頃から面白がっているのだろう。猫としてのあざとかわいさを普段存分に活用しているハナにはなんとなくわかる気がした。

「！」

ぴくりとアズキの耳が反応する。

ハナも店の方を振り返った。

「ごちそうさまでした～。そろそろいいかな。どう？」

会計を終えた弓削がひょっこりと店の中から顔を出す。

「あれ、アズキちゃん！　外に出てたの？」

「ナーン」

アズキは何事もなかったかのように一鳴きすると、するりとキャリーケージの中に戻っていった。

「ちゃんと自分で戻って、いい子だなぁ。お待たせ～」

弓削は緩んだ顔で寄ってくると、元のようにケージの扉を閉めた。

揺らさないようにキャリーケージを抱え上げて、弓削はハナに笑いかける。

「ハナさん、ありがとね。どうだった？」

「えっと……」

何と言ったものか。

ハナが顔を上げると、弓削に抱えられたキャリーケージの中で、アズキが口の前に指を立てているのが見えた。

「シー。ナイショ」

小さなアズキの声は、弓削には聞こえない。猫のハナにだけ、聞こえる。

考えた末に、ハナはふうと息を吐いた。

「……とりあえず、おじさんのことは嫌いじゃないみたいよ」

「本当かい！　良かった！」

ぱっと弓削が顔を輝かせる。

キャリーケージの中のアズキも、満足そうに微笑んだ。

「いやー良かった。本当に良かった。安心したよ」

弓削は心底ホッとした様子だった。

「動画はたまになら撮ってもいいって」

「そうか、そうか」

「あと、動画撮るときのおやつを楽しみにしてるみたい」

「あれ気に入ってくれてるんだ。よしよし。ハナさん、教えてくれてありがとうね」

「それと……」

ひとまず当《あ》たり障《さわ》りのないことを伝えていくと、些細《ささい》なことでも弓削は喜んだ。

この様子ならこれ以上釘を刺すことはないか、とハナは考える。

再生数稼ぎに一時は気持ちが揺らいだとは言っても、ハナの話を聞いてすぐに反省するぐらいには弓削は素直だ。

さらにこれだけアズキを溺愛《できあい》しているなら、悪いようにはならないはずだ。

「ナーン」

「あ、どうしたんだい、アズキちゃん」

急に甘えるような声でアズキが鳴いたので、弓削はうろたえた。

「珍しい。いつも塩対応なのに……！　もう帰る？　置いてきぼりにして寂しかったかい？　ごめんね、帰ろうね」

何度もキャリーケージを覗き込んで、弓削はアズキに呼びかける。

ハナに言われた通りの『サービス』を、アズキはさっそく習得したようだ。そしてそれに、飼い主の方はまったく気づいていない。

「それじゃあ、ハナさん、みなさん。今日は本当にありがとう」

温和な笑顔でお礼を言って、弓削はアズキを連れて帰っていく。

やはり弓削は素直だ。別の言い方をするならば、チョロい。

「はーい。またお越しくださいにゃ～ん」

「もちろん！　また来るよ！」

ハナが手を振ると、弓削も大きく手を振る。

弓削の抱えたキャリーケージの中で、アズキもこっそり手を振っていた。

ハナが『ラーメン赤猫』の店内に戻ると、ランチタイムのお客さんたちはすでに全員帰っていた。弓削が最後まで残った客だったらしい。

「あ、ハナちゃん、おかえり。そのまま休憩入っていいよー」

テーブルを拭《ふ》いていた佐々木がハナを促す。

ちょうど食洗器にすべての食器を収めた珠子が、歩いてくるハナに問いかけた。

「ハナさん、あのお客さんの猫とどんな話してたんですか？」

アズキとハナが店外で話している間、弓削は中で楽しそうに愛猫の話をしていたのかもしれない。

言うか言うまいか、ハナは少しだけ考えた。

珠子は信頼できるにんげんだ。

事の真相は「ナイショ」だと言えば、弓削が再び来店してもまず口外することはないだろう。他の従業員たちも同様である。

それでも結局、ハナはこのことを胸にしまっておくことにした。

「……別に。大したことは話してないよ」

平凡を装うある猫の秘密は、今のところハナしか知らない。

四杯目

文蔵さん、弟子入りさせてください

『ラーメン赤猫《あかねこ》』を訪れる客は、老若男女を問わない。

未就学児を連れた家族から、学生、サラリーマン……そして、年配の客まで。

口コミで集まった幅広い年代の人々は、時には店に入りきらないほどになることもある。

そういうときには店の前で並んで待ってもらうルールになっていた。

「おまたせしました～。次の一名様～」

「………」

そんな混雑のこの夜、店を訪れたのは、眉間《みけん》に深い皺《しわ》を寄せた七十がらみの男性客だった。

パイル地の上着にストレッチ素材のジーパンという、ラフな格好に反して眼光は鋭く険しい。

案内しに外に出てきたジュエルは、思わずビシッと固まってしまった。

「……お、お一人さまでよろしかったでしょうか？」

先ほど一度ハナが外に出て聞いていてくれていたので、間違いはないはずだ。

おそるおそる確認すると、男性客はジロリと足元の猫を見下ろした。

「ええ。一人です」

低くざらりとした声だった。

「で……では、こちらのお席にどうぞ～」

「ありがとうございます」

空《あ》いたばかりの端のカウンターに男性客を案内し、次は水の提供だ。

コップに水を注《つ》ぎに行きつつ、ジュエルはもう一度先ほどの客を振り返った。

「………」

初めて見かけるその客は、まるで獲物を狙う猛獣か猛禽《もうきん》のように店内を眺めていた。

「なにビビってんのよ」

「！」

ハナに声をかけられて、ジュエルは肩を跳《は》ねさせた。その拍子に、手に持った水が大きく揺れる。

仕方ないとため息を一つついて、ハナは役を代わることにした。

トレーに載せた水とおしぼりを持って、男性客の席へ向かう。

「いらっしゃいませにゃ～ん。お水とおしぼりです～」

必要なあざとさの度合いを見計らいながら、ハナは小首を傾《かし》げて接客を続けた。

「メニューのご説明は必要ですか～？」

新規客を中心に、ホールスタッフの猫たちによるメニューの説明は非常に人気がある。

男性客も例に漏れず、頷《うなず》いた。

「では、お願いします」

「かしこまりました～。まずこちらの赤猫しょうゆラーメンは……」

ハナはスマホに映した電子メニューの写真を見せながら、慣れた様子で語り始めた。

まずスタンダードな一番人気のしょうゆラーメン。

続いてあっさり、こってり、野菜。自家製のチャーシューを使ったチャーシューメンもよくお客さんに支持されている。

それからハナは、しばらく前に確認した手打ち麺《めん》の数量を頭に思い浮かべた。

まだスペシャルラーメンの提供もできる。

「赤猫スペシャルは、当店の製麺師クリシュナがその日に打った手打ち麺でご提供しておりますにゃん。なので数には限りがあるのですが～、今日はまだご注文いただけます」

「ふむ……」

男性客は腕を組んで真剣に考え込んでいた。

「ポスターに『虎打麺《とらうちめん》』とありますが。虎の手で製麺ができるんですか」

なかなか切り込むような質問だ。

だがもちろん、こんな質問も初めてではない。ごく稀《まれ》に猫と虎による製造を疑う客、衛生管理を気にする客も訪れる。

そんな時の対応は、胸を張って真摯《しんし》に回答することだ。

「問題ありませんにゃん」

「ほう」

「当店のスタッフはみんな特殊な訓練を積んでおりますので、麺やスープに毛が入ることもございません～」

言《い》い淀《よど》むことなくにこやかに言えば、大半の客は安心する。納得しないごく一部にはまた別の対応が必要になってくる。

幸いにもこの男性客は今の答えのみで充分だったようだった。

「……ふむ。それも気になる、が……」

男性客は髭《ひげ》の剃《そ》られた顎《あご》を二、三度指で撫《な》でてから、注文を決めた。

「まずは、最初に説明してもらったしょうゆラーメンにしましょう」

すかさずハナは手元のスマホで注文を調理場に送り、掛け声でも申し送りをする。

「はーい。しょうゆラーメン1でーす」

間を置かず、「にゃー！」と調理場の文蔵《ぶんぞう》とサブが同時に返した。

ハナはスマホをエプロンのポケットにしまってその場を後にしてから、何か引っかかったようにはたと足を止めた。

「……まず？」

男性客の注文の仕方に、微妙な違和感を覚える。

けれどそれは聞き返すほどでもなく、ハナは結局仕事に戻った。

カウンター席では、男性客が真顔のまま調理場の猫たちを見つめている。

「『にゃー』……？　何故《なぜ》急に鳴き声を……ああ、掛け声か」

などと、興味深そうに呟《つぶや》きながら。

彼は注文したラーメンができるまでの間、調理場、メニュー、標語、ポスター、そのすべてを順番に睨《にら》んでいた。

「接客一番、味二番……ふむ……味二番？」

少しして、男性客は振り返ると、ちょうど近くを歩いていた猫に声をかけた。

「すみません」

「ハイッ！」

運悪く――というか、悲しき偶然というか、それは先ほど男性客の眼光に若干怯《おび》えていたジュエルだった。

男性客の目つきは威嚇《いかく》しているときの文蔵を彷彿《ほうふつ》とさせる。

何かやらかしたかと一瞬警戒したジュエルだったが、男性客はスッとカウンターの上のコップを動かしただけだった。

「悪いけど、お冷《ひや》をもう一杯もらえますか」

「あっ……ハイ！　ただいま！」

いつの間にか男性客のコップは空《から》になっていた。

ジュエルはひとまずクレームではなかったことに安堵《あんど》しつつも、精一杯の速さで水のおかわりを取りに行った。

「わっ、ととと」

トレーに水の入ったコップを載せ、走り出したところで水面が揺れてドキリとする。

慌《あわ》ててまずは水面の揺れを収め、ジュエルはフーと息を吐いた。

こういうのは先輩猫のハナやサブの方が慣れているのだが、先輩に頼ってばかりもいられない。

「おまたせしましたっ！」

なんとか無事に男性客の元へ戻り、ジュエルは目を細めて誇らしげに言った。

すると、男性客の節ばった大きな手が伸びてくる。

「！」

ぽん、ぽん。

男性客は仏頂面《ぶっちょうづら》のまま、ジュエルの長い灰色の毛を撫でた。

「え？　えっと……」

困惑の反応を感じ取ると、男性客はすぐに手を引っ込める。

「おっと。すみません、こういうのはいけませんか」

「そうっスね、あんまりワシャワシャ～っとかされると困りますけど……」

「そうでしたか」

目の前で接客する猫たちを触《さわ》りたがる客もいる。営業に支障が出るレベルの過度な接触をするような客は、注意の対象となるのだが――少なくともこの男性はすぐに引き下がった。

「申し訳ない。昔世話していた猫に雰囲気が少し似ていまして」

「あ……そうなんスね」

「あの子も元気のいい子でした」

軽く会釈《えしゃく》をして、男性客は水を受け取り、嚥下《えんげ》した。

ジュエルはしばしその様子を見た後、思ったより怖いにんげんではないのかもしれないと思い直した。

カウンターの中からサブが柔軟に体を伸ばし、どんぶりを置く。

「しょうゆラーメン、おまち！」

「ありがとう」

男性客はほんの少し手を上げかけて、ゆっくりと下ろした。

サブを撫でようとしてやめたようにも見えた。

彼はそのまま箸《はし》を取り、一度手を合わせてラーメンを食べ始める。

「…………」

麺をよく味わうように噛《か》み、スープをよく味わうように啜《すす》る。ときどき数秒何かを考えては、またラーメンを口に運んでいく。

「…………」

じっ、と男性客はカウンター越しに調理場の奥を見た。

そこでは一匹の茶トラ猫が、麺と向き合っている。文蔵だ。

自分を見つめる視線に気がついたか、文蔵はちらりと後ろを見た。男性客は何も言わず、じっと見つめてくるばかりであった。

「…………ごちそうさまでした」

どんぶりを返す彼の眉は、ほんの少し残念そうに下がっていた。

大賑《おおにぎ》わいの夜営業がようやく終わり、『ラーメン赤猫』の入り口から青いのれんが降ろされる。

営業終了の時間だ。

「つかれた〜」

誰もいなくなったカウンター席では、フル稼働だったハナが突っ伏している。

「今日もお客さん、多かったですね……」

皿を片付けながら、黒子頭巾《くろこずきん》を取った珠子《たまこ》もため息をつく。

営業中の洗い物も今日はかなりの量があった。

このところ着実に客数が増えてきているのも原因だが、今日が忙しかったのには別の理由もある。

「ごめんね〜、今日ボク途中抜けちゃって」

申し訳なさそうに両の前足を合わせて、佐々木《ささき》が謝る。

珠子はそれを気遣《きづか》わしげに見た。

「急なトラブルでしたもんね。大丈夫でしたか？」

「あ、うん。そっちは大丈夫。おかげさまでなんとかなったよ」

佐々木はこの店における接客・キッチン・事務処理のすべてをこなせるオールラウンダーであると同時に、経営責任者でもある。この日はたまたま明日以降の仕入れにも関わる配送の問題が発生し、夜営業の直前からその対応に当たっていた。

こうした仕事に一番適切に対処できるのが佐々木とはいえ、一匹猫が足りないと混雑時の対応はなかなか大変だ。

「もー。こういうときに限ってたくさんお客さん来るし」

ハナがぼやきながら、椅子《いす》の上で器用に寝返りを打つ。

何気なく顔を上げたとき、片付けの手の止まっている文蔵がハナの目に入った。

「…………」

「店長？」

「ん、そうだな」

相槌《あいづち》を打ちながら、文蔵は片付けを再開する。

ハナは椅子の上に伸びたまま、その姿を怪訝《けげん》そうにじーっと見つめた。

「なんか考え事？」

「考え事というか……」

文蔵はぽん、とカウンターを叩く。

「ここに座ってたお客さんいただろ。今日初めて来た、ご年配の」

「あ〜、あのおじいちゃん？」

指していたのは例の気難しそうな男性客が座っていた席だった。

今日一日だけでも数多くの客の座った席だが、年配の客となると限られた。

たまに御年《おんとし》六十の外国人シェフや屋台時代からの古い常連客が訪れたりもするのだが、彼らの顔なら覚えている。

「結構店内見てたから最初は警戒したけど、結局何もなかったね」

「あー……スゲーこっちのことも見てきたっス」

「サブちゃんカウンターで一番近かったもんね〜」

トッピングを収めたタッパーの蓋《ふた》を閉めながらこぼすサブに、ハナは苦笑する。

「でもあの人、ただの猫好きっぽかったスよ」

テーブルを拭《ふ》きながらジュエルが言った。

「そうなの？」

「たぶん。なんかむかし猫飼ってたとか？　で。最初ちょっと怖かったけど、意外といい人そうでした」

「ふーん。じゃあ単純に猫好きのラーメン好きでうちに来たってこと？」

ハナはカウンターに頬杖《ほおづえ》をついた。

それなら別に他の客と変わらない。特に心配する必要も、気にする必要もない。

文蔵だけが首をひねる。

「イヤ……あれは同業者じゃねぇかな」

「同業者？」

「ラーメン店をやってるか、ラーメンに並々ならぬこだわりがある料理人か」

面白半分の客にしては落ち着きすぎている。

ラーメンマニアにしてはラーメン以外のところも見ている節があり、ブロガー・配信者・記者ともまた雰囲気が違う。

「ってことはもしかして、敵情視察？」

「そこまでの敵意は感じなかったけど……」

文蔵は唸《うな》った。顔は険しかったが、あの客から敵意や悪意は感じられなかった。

ただなんとなく目的を持って観察されているような、そんな勘レベルの感覚があっただけだ。

「…………」

文蔵は眉間に皺を寄せた。

店を出るときのあの男性客の、妙に浮かないように見えた顔。

それがラーメンを提供した側としては、少しばかり気にかかった。

男性客の二度目の来店は思ったより早かった。

というか、早すぎた。

翌日の昼営業が始まって早々に、男性客は『ラーメン赤猫』を訪れたのである。

「いらっしゃいませ～」

今度出迎えたのは佐々木だったが、一目見て昨日話題に上がっていた人物ではないかと察しがついた。

白髪《しらが》頭に気難しそうな顔の男性——今日はポケットに手を入れて見下ろしてきているからか、余計に威圧感がある。

「今日はスペシャルラーメンをお願いしたいのですが」

佐々木がおしぼりを渡すタイミングで、自分から男性客は切り出した。

しかし途中で言葉を切り、壁に張られた『赤猫スペシャルラーメン』のポスターを気にするようにチラリと見る。

「ただ……確か、少し量が多いんでしたよね」

「そうですね～」

スペシャルの名を冠するだけあって、赤猫スペシャルラーメンは他のラーメンよりボリューミーな仕上がりになっている。特に厚切りのチャーシューからはその分通常以上に旨《うま》みと肉汁を感じられるはずだが、食べきれなくては元も子もない。

ポスターの写真からだけでも感じられるそのボリュームに、尻込みする客もいる。そしてそれを見越しての対策もきちんとなされていた。

「ハーフサイズもご用意できますよ。いかがですか？」

佐々木は淀みなく、にこやかに提案した。ちなみに、ハーフサイズの方が店の利益率は高かったりする。

「……。いや、通常のサイズでお願いします」

男性客は少しばかり悩んで、きっぱりと言った。

頑《がん》として決めたような様子だった。

そう言われたならば、店側は本当に食べられるのかなどと無粋なことを聞いたりはしない。

「かしこまりました～。スペシャル入ります」

「にゃー！」

佐々木がオーダーを入れると、調理場から掛け声が返る。

近くに座っていた二人連れの女性客が、小さく笑い合うのが聞こえてきた。

「ふふっ、可愛《かわい》いね」

「いいよねー」

掛け声のパフォーマンスは人気がある。あまりの微笑《ほほえ》ましさに、少なくない客が思わず緩んだ顔になってしまう。

だがこの男性客は表情を変えず、まっすぐに調理場を見つめていた。

「…………」

昨日の時点で店内の様子は一通り見たからか、今日は初めから調理の様子を見ようとしているようだった。

当然文蔵も視線には気づいている。

だからと言って緊張で手元が狂うということはないものの、ずっと彼のことを気にはかけていた。

まさに少し前に打ったばかりのクリシュナの手打ち麺をゆでる。

適切なタイミングで湯から引き揚げ、適切な強さで湯切りをする。

スペシャルのトッピングは『ラーメン赤猫』のメニューの中でもダントツで種類が多かった。海苔《のり》、鰹節《かつおぶし》、鶏《とり》そぼろ、鴨《かも》チャーシュー、モヤシと鶏皮の花椒炒《ホアジャオいた》め、煮卵に自家製のワンタン――それらをすべて盛り付け終われば、見た目からも満足感の高い一杯が出来上がった。

「赤猫スペシャル、おまちー」

「ありがとうございます」

サブから受け取ったラーメンを、男性客は置く前にさまざまな角度から眺めた。

「これに使われている麺が手打ちでしたか」

「そうっスね」

「なるほど……」

確認をして、男性客はレンゲを手に取る。

「いただきます」

まず口にしたのはスープ。

昨夜食べたしょうゆラーメンとの違いを舌で探るように味わうと、次に箸を手に取ってトッピングの煮卵をつまむ。

煮卵を頬張り、そこにスペースを開けてから、男性客は満を持して気になっていた麺に箸をつけた。

スープに浸《つ》かる手打ち麺は、打ち手の真面目さと研究熱心さを感じさせるような均一な太さをしている。充分な水分を含み、口当たりもいい。

男性客はそのままどんどん赤猫スペシャルラーメンを食べ進めた。

このボリュームにもかかわらず、年齢を感じさせない食べっぷりだ。

「…………」

そこからはほぼ止まることなく、すべてを平らげたのちにようやく彼は顔を上げた。

「……あの……」

小さく呼ぶ声を聞いて、文蔵が耳をぴくりと動かす。

くるりと振り向けば、こちらを見る男性客と視線が重なった。

しかし。

「いや……なんでもありません」

わずかに男性客が眉を下げて、頭も下げた。

「ごちそうさまでした」

男性客はどんぶりを返して、立ち上がる。そしてそれ以上は何を言うこともなく、会計を済ませて帰ってしまったのだった。

また翌日も、男性客はやってきた。

「これで三日連続っスよ……しかも今日は昼営業と夜営業両方」

「シーッ」

店の奥で思わずジュエルはハナにささやき、咎《とが》められる。

噂《うわさ》したくなる気持ちはわからないでもない。『ラーメン赤猫』の味か従業員にハマり何度も来店する客は数いても、ここまで短期間に連続して訪れる客となると流石《さすが》に目立つ。

しかし件《くだん》の男性客はいかにもハマっているといった情熱的な振る舞いを見せるでも、逆に気まずそうに振る舞うでもなかった。

ただ淡々と、食事をして帰っていくのみである。

もう慣れた様子で席に座り、佐々木から水とおしぼりを受け取っている男を見て、ハナが小声で言った。

「でも、なんとなくわかってきたかも」

「何がですか?」

「あのお客さん、多分うちのラーメン全部食べてみようとしてる」

「え⁉」

初回に案内したとき、あの客が「まずはしょうゆラーメン」と言ったことがハナの頭に引っかかっていた。

事実、しょうゆラーメン、次に気になっていたスペシャルラーメン、そして今日の昼営業ではあっさりラーメンを注文していた。

「じゃ、全部食べるまで毎日通ってくるってことっスか」

「そんな感じ……」

おしぼりで手を拭き終えた男は、顔を上げてカウンターの中のサブに声をかける。

「すみません。今度はこってりラーメンをいただけますか」

「にゃー！」

ハナの予想通り、男性客の注文はこれまでのどれとも異なっていた。ね？　と言わんばかりに後輩猫を見ると、口をあんぐり開けている。

「こ……こってりラーメン⁉」

ジュエルは自分の耳を疑った。

食べるものも食べる量も人それぞれだが、老齢の男性客のチョイスとしてはなかなか衝撃的である。

「……昼間も大盛り食べてたのに、よく食べるっスね……」

「よく食べるお客さんなら他にもいるけどね」

テーブル席の方では、常連の滝《たき》がいつも通り赤猫スペシャルラーメンを黙々と食べている。あちらも寡黙《かもく》でよく食べるタイプだ。

そうは言っても滝は格闘家で、あの老齢の男性客とは体格からして全然違うのだが。

「すみませ〜ん！　あのー、注文いいですか？」

「はーい、ただいま伺《うかが》いますにゃ〜ん！」

別のテーブル席から手が上がり、ハナは営業用の声色でそれに返す。

「ホラ、喋《しゃべ》ってないで注文取りに行くよ」

ハナはジュエルを肘《ひじ》で軽く小突くと、また営業モードにスイッチを切り替えて駆け出していった。


一日目は夜営業で。

二日目は昼営業で。

三日目は昼・夜両方。

そして四日目の昼営業でのあの男性客の来店――を経て、その後の休憩にて。

ジュエルは珠子にブラシをかけてもらいながら、考え込んでいた。

「うーん。やっぱり今日この後も来るんスかね……」

「なんの話ですか？」

長い毛の上からブラシを滑らせていた珠子がぱちぱちと瞬《しばたた》く。

「この前から来てるお客さんのことっス。メニュー順番に食べてる」

「あぁ。あのおじいさん……」

そこまで説明すれば珠子にもわかった。

少し前に猫たちの間で話題になっていたし、営業中は珠子も黒子として店内にいる。

「そろそろ全種類になるんだっけ？」

カタカタとパソコンで事務作業をしていた佐々木が、話に入ってきた。

「ハイ。最初にしょうゆラーメンを食べて、スペシャル、あっさり、こってり。さっき来たときに野菜ラーメンを注文してたんで、次チャーシューメンで一通りっスね」

「そっかー。じゃあ夜営業でも来るかもね」

のんびりと佐々木は言うが、ジュエルは難しい顔のままだ。

「なんでそんなことするんスかね」

「まずは全部試してみたいタイプ……とかでしょうか？」

珠子がパッと思いついた可能性を挙げる。というか、そのぐらいしか思いつかない。

「メニューのコンプリートを目標にしてる人は確かにいるね～。こんな速さでする人はなかなか珍しいけどね」

「そこまで早くコンプリートしたとして、その後どうするんスかね……全部試してみて、そこからお気に入りの一杯を決めるとか？」

「さあ……」

珠子もジュエルも首をひねった。

まさかコンプリートまでの期間を競うタイムアタックがあるわけでもあるまい。来るのはいつも一人で、頼むのは一度に一種類、サイドメニューはつけない。そこになんだかこだわりがあるような気もするし、単なる偶然かもしれない。

佐々木はパソコンの画面を見つめたまま、一人と一匹を諌《いさ》めた。

「まぁ、楽しみ方はお客さん次第だよ。何か企《たくら》んでるならともかく、普通に通ってきてたくさん食べてくれてるわけだし」

「そういえば、あのおじいさんもラーメン屋さんじゃないかって話でしたね」

「うん。でも引き抜きに来ただとか、ウチに嫌がらせしに来たとかじゃないんなら、いいんじゃないかな。お客さんには変わりないよ」

引き抜きに嫌がらせ。

過去そういうことがまったくなかったわけではない。猫が営むラーメン店というのは、同業者から見ても目を引く存在だ。

幸いにも『ラーメン赤猫』にはお世話になっている弁護士がおり、今のところトラブルが起きても大事に至らず済んでいる。それに、あの男性客はそこまでタチの悪いタイプではないように見えた。

……目的も不明なのだが。


ジュエルの予想通り、男性客は夜営業でもやってきた。

ただ、その来訪は今までの中で一番遅い時間だった。

夕食時のピークを過ぎ、ほぼ客もいなくなった時間帯。店内が次第に静かになっていく中、男性客はある種異様な存在感を放っていた。

「…………」

険しい顔をしながらラーメンを啜る男性。

黙々と食べるばかりで怒鳴り出したりはしないのだが、そうしてもおかしくないような雰囲気がある。店の中の空気はやや張り詰めていた。

そろそろもう新しく来店する客はいないだろうという時間になる。

昼間から忙しくしていた猫たちの手も空き始めた。

それでも閉店作業を早めに始めることは絶対にありえない。『接客一番』である。

「ごちそうさまでした」

男性客はぼそりと言うと、食べ終わったどんぶりを返した。

立ち上がってポケットから財布を取り出した彼は、レジの佐々木に言われる前からちょうどの金額を用意する。

現金で支払いをしながら、彼は小さく頭を下げた。

「……すみません、ここのところ毎日来て奇妙だったでしょう」

「いえいえ！　お気になさらず～」

佐々木は首を横に振った。

確かに珍しい客ではあるが、だからと言ってそれを接客態度に出すことはない。他の客の迷惑になる行為や著《いちじる》しい営業妨害を行わない限りは、『ラーメン赤猫』は訪れた誰もを和《なご》やかに迎える。

「本当にすみませんね。今日で最後ですので」

「え？」

「この辺《あた》りには旅行で来ていまして。明日の朝には帰るんです」

男性客は折《お》り畳《たた》みの財布の隙間《すきま》から、特急券をちらりと見せた。

他県の駅に通じる券だった。

「帰りの日が決まっていましたから、これは何としても自宅へ戻るまでに一通り食べてから行かねばと……」

「あぁ。そうだったんですね」

レシートが印刷されていく。

最後の注文はチャーシューメンだった。

予想されていた通り、男性客は店のラーメンを意図的に全種類食べていたらしい。壁に記されているこの店のレギュラーメニューは六種類。数日間で食べようとすれば、昼営業と夜営業両方訪れる必要がある。

このところの怒濤《どとう》の連続来店は、そういう理由だったというわけだ。

「私、生まれ故郷でラーメンの屋台をしているんです。それで大変失礼ながら、ここのところこのお店をよくよく観察していました」

佐々木から受け取ったレシートを収めた財布をしまい、男性客は調理場の文蔵とサブに向けても小さく頭を下げた。

店内には神妙な空気が漂っている。

「……おや。驚かないんですか？」

「ん。まあ、なんとなく予想はしてたんで……」

文蔵が答えると、男性客は頬を掻《か》いた。

「そうでしたか。お見通しとは、ますますお恥ずかしい」

恥ずかしい、と言いながらもあまり表情は変わらない。

だがこの男性客が見た目に反してだいぶ温和なにんげんであることは、なんとなく皆わかってきていた。

「ああ、別にここのお店と争おうだとか、何かしようだとか考えているわけではありません。安心してください。店は閉めるつもりです」

奥で話を聞いていたジュエルが、とてとてと寄ってくる。

「それってつまり……ラーメン屋台、やめちゃうんスか？」

「もう歳なんでね」

周りはもうとうの昔に定年退職を迎えている年頃だと男性は語った。

佐々木が困惑した様子で男性客を見る。

「まだお元気そうに見えますけど……」

「ありがとうございます。こういう仕事だから、まずは体が資本と、昔から生活には気をつけていましてね。それでも最近、ついに主治医から小言を言われましたが」

最近ついに、というところがすごいところではある。

要するにそれまでは指摘されていなかったということだ。

それでいてまだまだハーフサイズでない赤猫スペシャルを平らげるほどの食欲の持ち主なのだから、生涯現役も不可能ではないだろう。

「体力面の不安を除いても、屋台に来るお客さんも昔ほど多くはなくなってしまって。チェーン店や若い人のおしゃれなお店に対抗心を燃やして、あれこれと策を練ってはみましたが……ま、寄る年波には勝てんというやつです」

「それは……」

なんともコメントし難《がた》くて、佐々木は言葉を濁した。

いつの間にか調理台からカウンターに移ってきていた文蔵が、腕を組む。

「なら、どうしてウチに?」

「ああ。たまたまうちの常連さんに、赤猫さんのことを知っている人がいたんです」

男性客は数週間前、自分の屋台であったことを語り出した。

『大将、お疲れかい』

常連客に声をかけられたとき、座っているのはちょうどその人だけだった。

『うん？　そう見えますかね』

『なんとなくね』

もう数十年通ってきてくれている馴染《なじ》みの客。

他の場所で会っても挨拶《あいさつ》をする程度には親しいその客は、名案を思いついたと言いたげに目尻に皺を寄せて笑った。

『ちょっとお休みを取ったらどうだい。ずっと店開けてて、全然休みなしだろ』

『定休日は取らせてもらってますよ。特にここ数年は』

『もっとドカンと休んじまうんだよ。しばらく休んでも困らんぐらいには、これまでの売り上げあるだろう』

『はあ』

『ちょっと遠いけど、癒されるいい店を知ってるんだ。どうかな――』

「彼の勧めで、この辺りに宿を取ったんです。元々は近くを観光しつつ、どこかで夕食にこの店に寄ろうと考えていました」

この店にこの男性客が来た最初の日。

そのときの『ラーメン赤猫』は、何気なく通りかかっても「おや？」と思うような、一目でわかる行列のできている状態だった。

「正直、驚きましたよ。夜も早いうちから長い列ができていて……宣伝を一切していないというのは本当ですか」

「そうですね～、ウチは口コミ以外一切」

佐々木が柔和に答える。

男性客は感心したように深く頷いて、続けた。

「元々は屋台でやられていたとも聞きました。随分なご苦労があったでしょう」

文蔵はカウンターの上で、ただ口を結んでいた。

「本当はね、一度お願いをしようと思ったのですよ」

男性客はそんな文蔵を、まるでこれから一世一代の告白でもするかのように真剣な目で見た。

「『大将、私を弟子入りさせていただけませんか』と」

「！」

文蔵が思わず目を見開く。

「で……弟子入り⁉」

「店長に⁉」

男性客の足元ではジュエルとハナが驚愕《きょうがく》し、特別話に興味を持っていなかったサブも流石に振り向いた。佐々木と珠子も、静かに驚いている。

弟子入り。

料理人、特にラーメン店では何もおかしな話ではない。

惚れ込んだ店に弟子として入り、教えを乞《こ》い、修業したのち独立する。すでに店を持っているにもかかわらず別の店に弟子入りして修業するというのも、稀なケースだがないわけではなかった——が、まさかそんな申し出をされるとは。

文蔵は動揺を収めて、口を開いた。

「そりゃまた……ウチは先代の味を引き継いでやらせてもらってるだけなんで、弟子なんて取れるもんじゃないと思ってますが」

「いやいや、どのラーメンも本当に素晴らしかったです。味が二番なんてとんでもない。ここの大将に学びたいことが山ほどあると思いました」

男性客は文蔵の答えを謙遜《けんそん》ととって、褒《ほ》めたたえた。

店内に書かれている『接客一番、味二番』の標語は、彼が初日からずっと気になっていたものだ。実際に食べてみれば、優先順を落としているような味には思えなかった。

「ですがね、やはりこうしたいいお店が出てきていることを受け入れて、古い世代は大人しく去った方がいいのかもしれないと思い直したんです。ほんの十歳違うだけでも、若い人たちの感覚はわかりませんから」

弱々しく否定の言葉を口にして、男性客は緩く首を振った。

ほんの二日前、彼は弟子入りを乞う言葉を本当に言う寸前までいった。けれどもそのときの彼は結局「あの……」と言っただけで、その願いを引っ込めてしまっていたのだった。

「ズルズルと悩んでおりましたが、これで最後。引退前にいいお店を知れてよかったです」

次に顔を上げたときには、彼はそれなりに吹っ切れたような表情をしていた。

最後に軽く一礼して、男性客は戸に手をかける。

入り口のドアがガラガラと音を立てて半分ほど開いたところで、文蔵は帰る客を呼び止めた。

「……あの、お客さん」

「はい？」

出て行きかけていた男性客が足を止める。

半開きの戸から夜の風が吹き込んできて、文蔵のエプロンを揺らした。

「ウチのラーメンをうまいと言ってくれるのはありがたいんですが……参考にしようとか、自分のと比べてどうとかって言うのはやっぱり違うんじゃないですかね」

「え？　何故ですか」

男性客は心底不思議そうに、文蔵を見た。

どうしてそんなことを言い出すのかまったくわかっていない顔だった。

「何故って……」

文蔵は店を一度見回して、また男性客を見た。

「ウチは猫のラーメン屋なんでね」

「あ……」

男性も店を今一度見回し、気がついたようだった。

店主は猫、従業員も猫・猫・猫・猫・虎と、にんげん（黒子）が一人。

一応断っておくならば、にんげんである珠子の役割は接客でも調理でもない。

「猫なんで使えない素材もあるし、味見も完璧《かんぺき》にできてるとは言えないです」

「なら、どうやってあの味を。この店を……」

「そこはまあ、手探りですけど」

文蔵は調理場を見遣《みや》った。

この店ではネギ類が使えない代わりにキンツァイを使い、その他のトッピングも猫が中毒を起こすものは避けている。

麺とスープも塩分のことを考えて、味見で摂取する量は最小限にしていた。

「猫に味を習っても、にんげんの感覚とは違うと思うんで。もし比べるんなら、せめて味以外のこととか」

文蔵がハナに視線を送る。

「わたし？」

ハナは自分を指して、首を斜めに傾けた。

「接客の話？　別にしてもいいけど……わたし、結構厳しいよ？」

こと接客に関して、ハナは並々ならぬプライドを持って仕事に当たっている。

たとえどんな相手にだろうと手抜きはしないし、フンワリと楽な教え方をする気は毛頭ない。

そんなハナをしばし見て、男性は口元をほんの少し緩めた。

「……みなさん、いろいろやってこられたんですね。私もまだできることがあるのに、やっていないだけのような気がしてきましたよ」

先ほどまでよりも、前向きになった言い方だった。

ジュエルが男性客を見上げる。

「それじゃあ……」

「引退はもっと後にすることにします」

にんげんの感覚がわからない猫でも試行錯誤しながらラーメン店をやっている。そう言われてしまえば、数十年のジェネレーションギャップと口頭注意レベルの健康不安では弱気になるに値しないような気がしてくる。

何より、彼は誰かにラーメンを振る舞うことがまだ好きだった。

気持ちを整理してから、彼は不思議そうに文蔵を見た。

「それにしても、この期《ご》に及んでまだ未練があることまで見抜かれるとは。猫さんにはわかるものなんですか?」

「まぁ……たびたび調理場から見てたんで」

調理場の奥からでも客の表情や、態度は見える。

初日から浮かない顔でラーメンを食べていた男性客のことは、ずっと魚の小骨のように引っかかっていた。いくら相手が強面《こわもて》であっても、よく観察すればわかる。

男性客はそれを気味悪がるわけではなく、どこかしみじみとして言った。

「昔世話していた猫もそうでした。とにかくやんちゃなやつでしたが、私が店のことで悩んでいると決まって慰めに来てくれてね……不思議でしたよ」

昔を懐かしむように男性客は目を閉じた。

眼裏《まなうら》に浮かぶのは灰色の猫。もう十数年以上前の、過去の猫であった。

目を開ければ、今彼の前にもさまざまな猫たちがいる。

みな個性的であり、みな何かに対して真摯に取り組んでいる猫たちだ。

「もう少し、私なりにやってみます」

男性客はそう言うと、改めて店を出て行こうとした。

文蔵がその背中に呼びかける。

「ありがとうございました。またお越しください」

「いや、私はもう旅行はなかなか……」

言いかけて、男性客はその先を続けることをやめた。

「……とも思いましたが、まだまだ店をやろうと決意したんですから、そんな弱気なことは言ってられませんね」

最後に店先から猫たちを一匹ずつ見て、男性客はふっと微笑む。

それはこの店に彼が来るようになってから、一番の柔らかな表情だった。

「ごちそうさまでした。またいずれ」

月日は流れ、多くの客が訪れては去り、また訪れる。

それでも『ラーメン赤猫』の味は変わらない。新メニューや期間限定メニューを出すことはあっても、先代から続く美味《おい》しさの一番大事なところを守り続ける店主がいるからだ。

早朝から仕込みを始め、開店準備を進める。

それは変わらない習慣であり、店の味を守る秘訣《ひけつ》だった。

「…………」

珠子に丁寧にブラシをかけてもらい、身支度を整えた後——。

文蔵は調理場にて水でよく薄めたスープの味を最終確認し、満足げに頷く。

「……よし」

今日の営業もまた大勢の客が訪れ、この味に舌鼓《したつづみ》を打つことになるのだろう。

文蔵がふと振り向いたとき、ちょうど佐々木が郵便物を抱えて表から入ってきた。

「文蔵くん」

手に持った一枚のはがきを掲げて、佐々木が言う。

「これ、お店宛てに来てたよ」

「ん？」

「ちょっと見てみて」

佐々木はカウンター席にひょいと登ると、文蔵にそのはがきを手渡した。

宛名を綴《つづ》っているのは見慣れない、少し癖のあるボールペンの字だった。

差し出し人の名前は湯沢敏治《ゆざわとしはる》。知らない名だ。

「これは……」

文蔵ははがきをぺらりと裏返して、目を瞠《みは》った。

先に内容を見ていた佐々木が、椅子の上でにっこり笑う。

「あのお客さん、元気でやってそうだね」

「だな」

はがきは数日に亘《わた》ってラーメンを食べに来た、あの男性客からだった。

印刷された面には写真。

古く使い込まれた屋台でラーメンを振る舞うあの客――湯沢と、彼の屋台を訪れた客た

AKANECO

ちが映っていた。

屋台のカウンターに載ったラーメンには、『ラーメン赤猫』とは違って豚《ぶた》チャーシュー・白髪ねぎ・煮卵のトッピングが載せられている。

しかし同じ、澄んだスープのしょうゆラーメンだった。

『ご無沙汰《ぶさた》しております』

宛名書きと同じ字で、写真の上に文が書かれている。

『常連の方に写真を撮って刷って貰《もら》いました

お陰様《かげさま》でこちらはまだ元気にしています』

簡潔なメッセージは生真面目に行を揃《そろ》えて書かれていた。

近況の報告と言うにはいささかシンプルすぎる気もするが、それで充分だった。何よりも写真が、今の湯沢がどれほど満ち足りているかを物語っている。

エプロンをつけ鍋の前に立つ湯沢は相変わらずの仏頂面……ではなく、どこかイキイキしていように見えた。

「映ってるお客さんたちもみんな笑顔だし。引退考えてたって言ってたけど、まだまだ続けられそうな感じだよね」

「きっと、体が動く限りはやるんじゃないかな」

文蔵はフッと口元を緩めて、スタッフルームの方を見た。

「せっかくだし、みんなにも見せてくるか」

まだ開店まではやや時間がある。

ちょうど皆、順番に珠子にブラシをかけてもらっている頃だ。

今頃どこか遠く、別の街では湯沢も同じく仕込みをしているのかもしれない。

もうじき、『ラーメン赤猫』の店頭に青いのれんがかかる。

五杯目

ラーメン赤猫サービスデー

「サービスデーのポスター作りですか？」

出勤してすぐ、珠子《たまこ》は文蔵《ぶんぞう》と佐々木《ささき》から相談を受けた。

「うん。来週の月曜日、サービスデーをやろうかって話を今しててね」

「いつもお取引してる仕入れ先のご好意で、たくさん材料を卸《おろ》してもらえることになったの。文蔵くんがそれならお客さんのために還元しないかって」

「わぁ……いいですね。何度も通ってきてくれる方もいますし」

珠子はスタッフルームに荷物を置くと、そのままリュックの中からメモ帳とボールペンを取り出した。

チラシやポスターのデザインは珠子の得意とするところだ。前職での経験を活《い》かして、この店では度々《たびたび》印刷物作りを担当している。

「ポスター作り、もちろんやります。どんな感じにしましょうか？」

「急な話でごめんね～。必要な経費は出すから、自由に作ってもらっていいけど……」

「じゃあ、今のところどんな催しを考えてるんですか？」

「まず単純にトッピングの増量かな。全メニュートッピング増量」

文蔵が言うと、佐々木が少し潜《ひそ》めた声で付け足す。

「普通の仕入れ値のままの食材もあるから、一部はかなり原価率高くなるんだけどね……」

「やるなら全メニューにしないとわかりにくいだろ。それにサービスデーなんだから」

「そうなんだけどね」

全メニュートッピング増量。珠子はメモに書き込む。

あとで盛り付けを担当するサブに、おすすめのトッピングや力の入れどころを聞いてもいいかもしれない。ポスター作りの参考になる。

文蔵はさらにもう一つの『サービス』を告げた。

「それから、替え玉自由も打ち出そうと思ってる」

替え玉。ラーメン店における、麺《めん》のみのおかわりのことである。

気軽に頼めるようにしておけば、ボリュームが欲しい人は喜んでどんどん食べてくれるだろう。

「さっきクリシュナちゃんに伝えたらすごく張り切ってたよ。当日は早起きしてたくさん麺を打つって」

佐々木が微笑《ほほえ》む。

クリシュナが張り切るのも当然であった。

替え玉自由で麺がたくさん振る舞われる——となれば、『ラーメン赤猫《あかねこ》』の製麺虎《とら》、クリシュナの技が多いに輝くイベントだ。

彼女の自慢の虎打麺《とらうちめん》は手打ちなので大量生産ができない。それがネックなのだが、なるべく努力で解決するつもりらしい。

「だったら、その話もポスターに盛り込んだ方がいいですね」

「うん。お願いします」

文蔵と佐々木に頼られて、珠子もまた張り切ってポスターを作ろうと意気込んだ。

無論、クリシュナと珠子だけではない。

文蔵はサービスデーに向けて改めて全メニューの味の確認をした。

佐々木は足りなくなりそうな食材の調達に努めた。

サブもトッピングの味見と改良に、それはもう積極的に取り組んだ。

ハナとジュエルはたくさんの人入りを見込んで、接客の流れを見直した。

サービスデー当日までのわずかな期間、各々《おのおの》が各々にできる精一杯を尽くして、その日に備えていた。

当日に起こる波乱を、このときはまだ誰も知らずに。


「いらっしゃいませ～！」

ランチタイムの営業を開始した『ラーメン赤猫』の店内に、ハナの朗《ほが》らかな声が響く。

「ラーメン赤猫、今日はサービスデーを実施しておりますにゃ～ん！」

「いつもご来店ありがとうございます！　これからもよろしくお願いシャス！」

ホールではとびきりの愛嬌《あいきょう》を振《ふ》り撒《ま》きながらハナとジュエルが接客に当たる。

引き戸が開く。

次に訪れたのは氷室《ひむろ》と椿《つばき》だった。

「こんにちはー……」

「あ、ふたりともいらっしゃい！　来てくれてありがとね～」

さっと店内の様子を確認し、ハナが前に出る。

しかしそのタイミングで、ちょうど手前のテーブル席から手が上がった。

「すみません、お水を……」

「ハイ、ただいま！」

すかさずジュエルが走ってきて、こちらに対応する。

ハナは目線でそのファインプレイに「ナイス」と伝えつつ、氷室たちの接客に当たった。

なるべくなら推《お》しのいる常連客にはその従業員が対応できるように周りでカバーする。

忙しくなることを予測しつつも、今日の営業前に皆で決めておいたことだった。

このサービスデーは日頃『ラーメン赤猫』を愛してくれる客たちへのいわば恩返しなのだ。

ありがたいことに、あっという間に店は満席になった。

「本日はすべてのラーメンがトッピング増量、替え玉無料になっておりま〜す！」

「おかわりご希望の方はお気軽に声をかけてくださいにゃ〜ん！」

店内のあちらこちらに目を光らせながら、ハナとジュエルは接客を続ける。

様子を見つつ手が足りなさそうなタイミングでは佐々木が補助に入ってくれるが、それでもいつもよりハイペースな忙しさだ。

客の注文のラッシュが切れたタイミングで、ジュエルは小声でぼやいた。

「まだピーク前の時間帯なのに、どんどん来るっスね……」

「お客さんたち、開店前から並んでくれてたもんね〜」

ハナが答える。

今日は早い時間から絶え間なく客が訪れ、店の前には列ができていた。

「でもお客さんに疲れた顔見せるなんて、絶対ダメ。気合い入れてやるよ」

「了解っス」

　テーブル席の客が食べ終わって上着を着始めるのを見て、ハナは表情を引《ひ》き締《し》めた。

　急《せ》かしているように見えないよう間を見計らい、客が会計のために立った後はなるべくスムーズなレジへの誘導と空《あ》いたテーブル席の清掃、そして次の客の誘導と接客。

　この一連の流れをどれだけ上手《うま》くやれるかに、混乱なくたくさんの客を捌《さば》ききれるかがかかっている。

　接客のプロ・ハナとしては、ここに妥協はできない。

「ありあとやしたー！」

　会計を終えて帰っていく客に向かい、声を張り上げるサブ。

　ホールも忙しいが、厨房《ちゅうぼう》もかつてないぐらい多忙だった。

「野菜1、チャーシュー1でーす！」

「にゃー！」

「にゃー！」

「麺のおかわりお願いします」

「あの、追加でギョウザください」

「にゃー！」

ひっきりなしに入る注文に、店内には掛け声が何度も響く。

ただでさえサービスデーのトッピング増量サービスのため、いつもとやや違う盛り付けが求められる。それらを一手に担《にな》うサブは、ＦＰＳゲームでの目まぐるしいバトル中に匹敵する速度で視線と前足を動かしていた。

それは同じ調理場で働く文蔵もわかっている。

「サブ、こっちはオレがこのまま出すから、今やってるトッピング優先しろ」

「ウス！」

替え玉を頼まれたどんぶりにゆでたての麺を入れ、文蔵自《みずか》らカウンターに移った。

サブは増量した分のチャーシューを綺麗に盛り付けるのに忙しい。それでいて、意識はきちんとコンロの上にセットした餃子《ギョウザ》にも向いている。

「替え玉お待たせしましたー」

文蔵がカウンターの客にどんぶりを渡すと、会釈《えしやく》するその客は心なしか頬《ほお》を緩ませる。

普段調理場で調理に専念している文蔵が直接ラーメンを渡しに来てくれるなんて、客的にはなかなかに嬉しいサービスだ。

鍋の前に戻りつつ、文蔵は呟《つぶや》く。

「……まあまあ順調か……？」

今のところ、特に注文が滞《とどこお》ったり迷惑客が訪れたりといったトラブルは発生していない。

オペレーションの工夫と各自の機転で店内は上手く回っているし、外の列に並んでいるお客さんたちもきちんと順番を守っている。

「空《から》のやつ持っていくね～」

「頼んだ」

調理場に入ってきた佐々木が、ゆでる前の麺を入れるコンテナを手に取った。

注文に関しては端末で確認可能なシステムを導入しているが、残りの麺やトッピングの在庫・待機している客の数についてこまめな確認は重要だ。

そしてそれは、気配りに長《た》けた佐々木が得意としている。

佐々木は頭の上に二つコンテナを載せると、洗い物に追われる珠子の後ろを器用に抜け、製麺室へ向かった。

「スペシャルの注文もいっぱい出てるみたいだね。おめでとう～」

赤猫スペシャルに使われているのはクリシュナが早起きして朝からせっせと打った麺だ。

これはきっと、クリシュナも喜んでいることだろう――そう予想しながら佐々木は製麺室に入った。

「って……アレッ⁉」

驚く佐々木の頭の上で、二つ重ねたコンテナがカタンと揺れる。

製麺室に入ってすぐに目に飛び込んできたのは、ずーんと暗い空気を漂わせたクリシュナの背中だった。

「どうしたの⁉　元気ないね」

慌《あわ》ててコンテナを脇に置いて駆け寄ると、クリシュナは不安そうに佐々木を見る。

「あの……佐々木さん」

「なに？　何かあったの？」

「どうしましょう……」

クリシュナが大きな前足を置いていたのは、『ラーメン赤猫』の麺作りの要《かなめ》たる機械だった。

「製麺機……壊れちゃったかもしれません」


スタッフルームで電話をしてから製麺室に戻ってきた佐々木は、いつになく険しい顔をしていた。

「……まずいなぁ」

取り急ぎ次の補充分の麺は調理場に届けたものの、残りの在庫が心もとない。

現在、麺の製造は完全にストップしていた。

「どうでした？」

「城崎《しろさき》くん、今日は忙しいみたい。すぐには見てもらえなさそう」

設備に不具合が起きたり、新しい設備を導入したりするときにはたいてい城崎を呼ぶ。

だが、この日はそうもいかないらしかった。

佐々木はクリシュナ曰《いわ》く動かなくなってしまった製麺機に触れる。

「うーん。ボクらで下手《へた》にいじって悪化させちゃったら大変だしな……もうこれ以上製麺機は動かさない方がいいね」

「そうですか……」

クリシュナは製麺途中で止まってしまったために取り残された生地を回収すると、ため息をついた。

「でも、お客さんたちこれからもどんどん来ますよね？」

「そうなんだよね……残りの数を考えると、ピークタイムの注文次第では足りなくなるかも」

佐々木もさらに難しい顔になる。

ある程度先を見越して麺を作っているとはいえ、夜営業の最終まで賄《まかな》える量があるかどうか怪しい。

まして、今日はサービスデーで麺のおかわりを自由にしている。

打ち止めにする手もあるが、早い時間から売り切れを出したりサービスを中止させてしまうのは望ましくない。せっかく来てくれた客をがっかりさせてしまう。

「虎打麺の方はどう?」

「まだたくさんあります。今日は朝から多めに打ってたので」

クリシュナは手打ち麺でいっぱいのコンテナを見せる。

佐々木は少し安堵《あんど》して、新しい方針を提案した。

「よかった。じゃあなるべくスペシャルにお客さんたちを誘導しよう。替え玉も、虎打麺のお試しもできますって形にするのはどうかな」

「えっ! なんだか緊張します……」

「もう試してくれてるお客さんたちからはすごく評判いいんだから、大丈夫。急いでハナちゃんたちに伝えてくるね」

「あ……」

さっと製麺室から佐々木が出ていく。

薄く開いたままの戸をゆっくり閉めながら、クリシュナはうつむいた。

「…………」

製麺機が動かなくなったのは今から二十分ほど前のことだった。

一度ガコンという音がして、それから麺が送り出されなくなってしまったのだ。

詰まっていそうな部分を取り除いてみるなど奮闘したが、結果は同じだった。

「どうしよう……」

クリシュナのいる製麺室からは、順番を待っている客の声も、店内で食事を楽しんでいる客の声も聞こえる。

皆の期待がわかるからこそ、今がとんでもないピンチだと思えて仕方なかった。

「クリシュナ！」

ハナの声がして、ハッとクリシュナは顔を上げた。

振り返れば、製麺室の入り口にハナが仁王立《におうだ》ちしている。

「ハナちゃん！　ホールはいいの？」

「忙しいけど、今ちょっとだけ落ち着いてる。それより」

ずんずん歩いて中に入り、ハナはクリシュナを見上げた。

「佐々木さんから話聞いたよ。製麺機動かなくなっちゃったんだって？」

「うん。ごめんね……ホールも忙しそうなのに」

「別にクリシュナのせいじゃないでしょ。こっちはなんとかするから任せて」

「ハナちゃん……」

じぃんと染み入るようなフォローにクリシュナが胸を打たれていると、ハナはさらに彼女を叱咤《しった》激励する。

「それに、みんなにクリシュナの麺を知ってもらう機会にもなる。うちの製麺師の意地見せなさい！」

「……うん！　頑張る!!」

「その意気！」

頷《うなず》いて、ハナはきびきびした動きで後ろを向いた。

「じゃ、わたし行ってくるから。スペシャルの注文がドンドン入ってもいいように、めいっぱい準備しておいて」

「わかった！」

クリシュナが気に病んでいるかもしれないと察して、わざわざ忙しい接客の合間に励ましに来てくれたらしい。

ハナが出て行って再び閉まる製麺室の戸を見ながら、クリシュナはふっと微笑んだ。

「……頑張らなきゃ」

製麺機が使えない以上、この瞬間から『ラーメン赤猫』の麺が賄えるかはすべてクリシュナの双肩にかかっている。

使い込んだ麺切り包丁を持ち、クリシュナは台の前に立った。

絶妙に練られてまとまった生地を広げ、畳《たた》み、均一な幅に切っていく。

それには集中力と繊細な包丁さばきが必要だった。

「………」

なるべく速く、正確に。

「………」

これまでよりもハイペースにしなければ麺が足りなくなるかもしれないし、クオリティが落ちれば満足度が下がる。

集中、集中。

手先に意識を向けようとするクリシュナの耳に、外で談笑する客の声が聞こえてきた。

『何食べる？』

『んー。今日はチャーシューメンの気分かな。ここのチャーシュー美味《おい》しいんだよね！』

『わかる。私もそうしよっかな～』

盛り上がっている客たちは、少し声が大きい。

だからなのか、一度意識してしまったからなのか、その会話は鮮明にクリシュナに聞こえてきてしまった。

「あぁ……」

お客さんたちの中には通常麺のメニューを食べると決めて、それを楽しみに来ている人たちもいる。

気合いで消したはずの不安が、また頭をもたげた。

「ダメダメ、集中！」

包丁の先が僅《わず》かに震えていることに気がつき、クリシュナは自分を叱《しか》る。

今度は店内から、ハナと客の会話が聞こえてきた。

『本日おすすめは赤猫スペシャルラーメンになっておりますにゃ～ん！　このメニューに使われているのは、当店の製麺師が今朝《けさ》から張り切って手打ちした麺ですにゃん』

『へえ～。でも、値段がなあ……他のメニューの倍するじゃん』

『そうですね～。でもその分大ボリュームで絶品にゃ～んよ』

『うーん……手打ちって言っても正直よくわかんないしな……』

まだ赤猫スペシャルを試したことのない客だろうか、渋っている様子だ。

だがあまり押しすぎてもよくないし、ハナも客に無理強《むりじ》いはしない。

なかなか誘導は難しいかと思われたが、そこにやや不自然に張った若い女性の声がした。

『あ……あ～！　虎打麺、本当に美味しい！』

「！」

クリシュナは顔を上げて、壁越しにその女性客がいるだろう方を見た。

「この声……」

聞き覚えがある。よく来てくれて、クリシュナの麺を楽しみにしてくれている常連客――クリシュナ推しのマユだ。

さらに続けて、彼女といつも一緒に来ている常連客の声もする。

『うん、そうだね。すみませーん！　虎打麺の替え玉ってできるんでしたっけ！』

『できますよ～！』

彼女たちの意図を察したのか、応答する佐々木の声も普段より大きく明るい。

するとそれに影響されるかのように、別の席からも虎打麺の替え玉をオーダーする声が続いた。

『そんなに人気なのか』

先ほど渋っていた客が、驚いて意見を変える。

『えぇっと……僕も、やっぱり赤猫スペシャルいいですか？』

『もちろんですにゃ～ん。赤猫スペシャルお願いしまーす！』

『にゃー！』

赤猫スペシャルの注文が、入った。

皆の協力によって。

『みすずちゃん……ありがとう』

『今日替え玉自由って話だったからさあ。せっかくだしね』

頑張った頑張った、とマユを労《ねぎら》う友人のみすずの声がする。恥ずかしそうに笑う声も聞こえてきた。

彼女たちが今裏側で起きている事件を知るはずもない。

ただ、クリシュナの麺を頼むのを渋っていそうな客に、それとなくおすすめをしてくれただけ。

「ふふ」

それでもクリシュナは充分に勇気と元気をもらった。

「……頑張ろう」

今度また彼女たちが来てくれたときにお礼を言わないと、と思いながら、クリシュナは包丁を握り直した。

「みなさん、お疲れさまでした……」

店内の客がすべて帰り、店先からのれんが外されてから珠子は言った。

「うん……」

すでに店の中では猫たちがあちこちでぐったりしている。

「ランチタイムはなんとかなったねー……よかった……」

椅子《いす》に身を投げ出しながら佐々木が弱々しく言った。

カウンターではやはりでろんと脱力したサブが、「声嗄《か》れるかと思ったっス……」とうめいている。

「そうだ、営業中に聞こえちゃったんですけど……何かトラブルがあったんですか?」

佐々木が赤猫スペシャルへの注文の誘導について接客担当の猫たちに連絡して回っていたとき、珠子もすぐ近くで洗い物をしていた。

営業中はあまり声を出すわけにはいかないものの、気になっていたのだ。

「そうそう……その話しなきゃ……」

ゆっくり椅子の上で体を起こし、佐々木が答える。

「製麺機が動かなくなっちゃったみたいなんだよね。一応まだ在庫はあるけど……」

「昼もそうしたけど、夜もなるべくスペシャルの注文が多めに出るようにするつもりだよ」

同じくカウンター席の上のハナが補足した。

それを聞いて、調理場の方で休んでいた文蔵が起き上がる。

「じゃ、虎打麺メインでやんのか」

「うん。そういえば……すごく静かだけどクリシュナ平気かな」

シンと静かな製麺室の方を見、ハナは椅子から飛び降りた。

「あ、私も行きます」

珠子もそれを小走りで追う。

そうっと製麺室の戸を開けてみると、中ではクリシュナが未《いま》だ麺打ちをしていた。

「…………」

「クリシュナさん?」

「!」

珠子の声に反応して、クリシュナが我に返る。

急いで打ち終わった麺をまとめ、包丁を置いて、製麺室の入り口を振り返った。

「あれ……ひょっとしてお昼休憩ですか？」

「はい」

「そーだよ」

珠子とハナが頷くと、クリシュナは恥ずかしそうにはにかんだ。

「すみません。なんだかすごく集中してたみたいです」

時間感覚もなくなるほど作業に打ち込んでいたらしい。

クリシュナは今しがた打った麺をコンテナに収め、持ち上げた。

珠子はそんな彼女を心配そうに見る。

「製麺機のこと聞きました。朝から用意してた分があるとはいっても、大変なんじゃ……ええっ⁉」

何気なくクリシュナがストックのコンテナを重ねるところを見て、珠子はびっくりした。

そこには数段分の虎打麺があった。

午前中いつも以上のペースで消費したにもかかわらず、だ。

元々作っていた分、そして夜営業が始まってから打ち始める分と合わせれば、それなりに余裕がありそうだ。

「クリシュナさん、午前中でこんなに打ったんですか⁉」

「夜もきっとたくさん必要になると思うので……がんばりました」

えへへ……と笑うクリシュナ。

そこに珠子の足と戸の隙間《すきま》をするりと抜けて、文蔵がやってくる。

「おつかれ」

文蔵の手には愛用の研ぎ石があった。

「夜もたくさん打つだろ。包丁、休憩中に軽く研いでおくからよく休んでこい」

「ありがとうございます……少しお昼寝させてもらいますね……」

クリシュナは出そうになった欠伸《あくび》を噛《か》み殺しながら、製麺室を出て行った。

気が抜けると、流石《さすが》に疲れと眠気が出てきたようだった。

店内では、佐々木が皆に呼びかけている。

「みんなも充分休憩取ってねー」

「はーい……」

「了解っス……」

ハナとジュエルがスタッフルームへ下がっていく。サブも大きな欠伸をしてそれに続いた。

珠子も遠慮がちに出て行った後で、文蔵が腕を組みながら振り返る。

「佐々木」

「ん？」

「お前も休めよ」

「あはは。うん、もちろん休むよ」

以前から佐々木は少々オーバーワーク気味なところがある。

今日もその時足りなさそうなところのフォローに回ってもらっているが、結果として一番走り回らせてしまっている感も否《いな》めない。

「でも、製麺機の修理の件は何か考えないとな。あと、スペシャルの注文に偏《かたよ》らせると、在庫も普段と違う減り方するだろうし……明日の営業にも影響が……」

休むと言っておきながら、二言目にはぶつぶつ店の心配事を口にしている。

文蔵は見かねて、がしっと佐々木の肩を摑《つか》んだ。

「とりあえず、まず休め」

「あーっ」

性分《しょうぶん》なのはわかっているが、夜も忙しいことが予想される今、結局休憩をも返上して働きそうな様子では困る。

そう店長判断した文蔵により、佐々木はぐいぐい押されてスタッフルームに連行されていった。


そこからは、束の間の休憩。

夜営業の開店準備を始めるまでの数時間は、平穏な時間が保たれる。

そのはずだった。

「やばいっス、みんな起きて!!」

いつになく焦ったサブの声で、仮眠を取っていた珠子は目を覚ました。

「んん……?」

「なに……?」

まだ重たい瞼《まぶた》をなんとか持ち上げて起きると、近くで同じように休んでいたハナたちも眠そうに頭を上げる。

文蔵も横でまどろんでいたが、サブの只事《ただごと》ではない様子に目を開けた。

「どうした」

「もう外お客さん並んでるんスよ!」

「!?」

あまりに衝撃的な情報に、皆覚醒する。

「営業時間になったら速攻店開けられるように、準備始めるぞ」

「ウス」

文蔵がサブの横をすり抜けて、駆け出していく。

珠子は眼鏡《めがね》をかけると、現在時刻を確認してさらに驚いた。

四時前——夜営業の開始には一時間以上時間の余裕がある時刻だった。

「えっ……今の時間から列ができてるんですか⁉」

「しかもいつも五時台、六時台にくるお客さんたちがまだ来てなさそうなんで。たぶんまだまだ延びるっスね」

サブが困惑して言う。

何気なく店の方に行って、入り口のガラス戸から列の先頭が見えたときにはぎょっとした。

それから自室に戻り、きちんと上から状況を把握して今に至る。

「夜営業は特にこまめに列整理しに行った方がいいかもね〜」

大きく伸びをしながら佐々木が提言する。

「うちの敷地から出ちゃったら、他のお店の迷惑になりかねないし。お待たせしてるとお客さんもぴりぴりしてくるから、トラブルになったら大変」

「そうですよね……」

珠子は店の前にできる長い行列を想像した。

ある程度の長さなら店の横で曲がってもらう形に収められるが、それ以上延びた場合にはどうなるか……テーマパークのように待ち列を示すポールを立てているわけではないので、こちらの誘導と客のモラル次第である。

まだ眠そうにしながらハナが聞く。

「相席お願いできそうなら協力してもらう？」

「そうだね、それがいいかも。そのときのお客さん次第だけどね」

答えてから、佐々木も文蔵の後を追って部屋を出て行った。

夜営業は、始まる前から大変な予感がした。


「いらっしゃいませ～！　ラーメン赤猫、本日はサービスデーです！」

「トッピング増量、替え玉自由となっております～！　今なら、当店自慢の虎打麺の替え玉もできますにゃ～ん！」

夜営業が始まるとさっそく、ハナとジュエルは声を張って客たちを迎えた。

開店時にはすでに、列は店の横にまで延びていた。

営業開始と同時に、満員御礼である。

「はい、一名様ですね。こちらは三名様、こちらは……ハイ、これからお連れ様が二名」

外では佐々木が並んでいる人数を確認し、それとなく列整理を行っている。

「お客さま～、こちらで折り返していただけますか？」

「あっ、ハイ！」

「恐れ入ります～」

穏やかながら、佐々木はけして物怖《ものお》じせずに指摘ができる。

無秩序に形成されつつあった並び列はジグザグに折り返すような形にまとめられ、あと一・五倍に延びても店の敷地内に収まる計算だ。

「本日も流石の行列ですな……」

「特にサービスデーですからなぁ……」

並んでいる客たちも、ぼそぼそと話しつつも誰も文句は言わない。

「ふぅ」

問題なさそうなことを確認して、佐々木は店内に戻る。

ホールではハナとジュエルがさりげなく赤猫スペシャルをおすすめしているのが聞こえ

てきていた。

ハナたちだけではない。

「なんかおすすめある？」

「あーえっと、今日はスペシャルが特におすすめっスね。ハーフサイズもあるんでよければ」

カウンター席で客と接するサブも、少しぎこちないながらスペシャルのおすすめを行っている。

「でも、今日って元々トッピング増量日なんだろ？　むしろスペシャル感減ってない？」

「そんなことないスよ。元々載ってる具材の種類が違うんで」

「ほー。どんな？」

こうして話している間にもサブは忙しく手を動かしているのだが、それに気づいていない客は話しかけ続ける。

サブが困っていると、替え玉のどんぶりを届けざまに文蔵が口を出した。

「スペシャルでは鶏《とり》そぼろとワンタンを添えさせてもらってます。それから、チャーシューも他のメニューより厚切りで食《た》べ応《ごた》えありますよ」

「へえ！　そりゃ豪華だ」

文蔵の解説を聞いて、客が膝《ひざ》を打つ。

「それも今日は増量してくれんの？」

「ハイ」

「よし決めた。じゃあ赤猫スペシャル、一つ！」

「にゃー！」

注文を受けると、文蔵は虎打麺をゆでるべく調理台の方へと駆け戻る。

スペシャル用のかえしを入れたどんぶりをさっとその横にセットしながら、サブは「あざス」と小さく言った。

麺とトッピングの減るペースはますます早くなったが、クリシュナが張り切って用意したたくさんの虎打麺のおかげでちゃんと保《も》っている。

「ありがとうございましたにゃ〜ん！」

「お次でお待ちの一名様どうぞ〜！」

会計を済ませた客が出て行き、次の客が入ってくる。

営業開始から何回「いらっしゃいませ」と「ありがとうございました」を言ったかわからなくなるほど繰り返しても、まだまだ店の前には列ができている。

「珠《たま》ちゃん、これよろしく」

「はい。わかりました」

ハナが回収してきたどんぶりとコップを珠子に渡す。

流し台は食後の食器でぎっしりだ。

ランチタイムには仕事を抜けられないような人も帰路で寄ることができるため、夜営業にも本当にたくさんの常連客が訪れてくれた。

その一人一人になるべく猫たちは挨拶《あいさつ》をし、精一杯のおもてなしをする。

「ハナさん、三番テーブル準備できたっス」

「わかったー」

前に座っていた学生グループの食器を下げ、テーブルを拭《ふ》いたことをジュエルが報告する。

ハナは入り口の引き戸を開けて、先頭の客をまた招き入れようとした。

「ハーイ、次の三名さ……」

「なんだよ、割り込むなよ！」

……と、突然聞こえてきた若い男の怒号に、ハナは目を丸くした。

店の前から長く続いている列、その最後尾で誰かが揉《も》めているらしい。

「どきなさいよ。アタシが先でしょう」

「はあ？　何言ってんだこのオバサン⁉」

「アタシが先に歩いてたのよ！」

「知らねーよ！　俺は普通に歩いてきて、普通に列に並んだんだぞ。あんたの足が遅いだけだろ！」

「なんですって⁉」

還暦手前ぐらいの婦人と、大学生風の青年が激しく言い争っている。

話を聞く限り、どうやら婦人の方が無理矢理青年を押しのけて前に並ぼうとしたらしい。

そしてその理屈は、店に着く手前で青年が彼女を追い抜いたからということのようだ。

「何が『普通に歩いてきた』よ。アナタこそ、わざと早足になって追い抜いたんじゃないの！　普通、前を歩いているのを見たら並ぼうとしてるんだってわかるでしょう！」

「わかるわけねぇだろ！」

二人はどんどんヒートアップして、取っ組み合いになりそうな勢いだ。

先に並んでいる客たちも戸惑《とまど》い、怖がっているように見える。

なんとかこれは仲裁に入らないといけない。

だが熱くなって自分たち以外見えていないような二人を、ハナひとりで止められるだろうか……。

「やめませんか」

ハナにとって聞き覚えのある、落ち着いた男性の声がした。

それは列の折り返し地点辺《あた》りから聞こえてきた。続けて、やはりこちらも聞き覚えのある女性の声が揉める二人を止める。

「飲食店の行列への割り込みで罪に問われることはないとされていますが……暴力沙汰《ざた》となると話は別です！」

「お店や他のお客さんたちへの迷惑にもなりますしね」

「ひっ……」

「ハ、ハイ……」

揉めていた二人は息を呑《の》んで黙り込み、振り上げかけた拳《こぶし》を下ろした。

ただならぬ気迫の女性と顔に古い傷痕《きずあと》のある強面《こわもて》の男性が、こちらをギロリと睨《にら》んでいるように思えたからだ。

駄目押しのように、男性が言う。

「ルールは守って、並びましょう」

二人はすっかり萎縮《いしゅく》して、何度も頷いた。

割り込もうとしていた婦人はちらちらと周りの様子を窺《うかが》いながら、列の最後に並び直す。

一連の様子を見ていたハナは、トラブルを収めた二人組——寺田《てらだ》弁護士と御所川原《ごしょがわら》弁護士に駆け寄った。

「みきちゃん！　御所川原さん！」

声をかければ、御所川原弁護士が照れて表情を崩す。

「あ、あの、こんばんは……」

「今日は客として来ています。ちゃんと待っていますので、大丈夫ですよ」

お店を優先してくださいい、と寺田弁護士は眦《まなじり》を下げて優しく微笑んだ。

話したいことはいろいろとあったが、ハナは頷くときっちり営業モードに切り替える。

「おまたせいたしました〜、次の三名様どうぞ〜！」

ハナは先頭に並んでいた三名の客を店の中に招き入れ、席へと案内した。

カウンターでは、屋台時代からの常連客である男性が文蔵に話しかけている。

「文《ぶん》ちゃん、賑《にぎ》わってるね」

「おかげさまで。いつもご来店ありがとうございます」

「いいことだねぇ。さ、僕も食べたら次に譲らないとね。ここのラーメンを楽しみに待ってるお客さんがたくさんいるんだから」

今日の列の長さは尋常ではないが、裏を返せばそれだけ『ラーメン赤猫』に来たいと考えた客がいるということだ。

理由はさまざま。

馴染《なじ》みだから挨拶がしたい、ラーメンがたくさん食べたい、従業員たちの姿を見たい。

皆、この店を愛していることは共通している。

テーブル席の方では、こちらも常連となった二人組がちょうど食事を終えていた。

明るく朗らかな女性と大柄で寡黙《かもく》な男性、つまり佐倉《さくら》と滝《たき》である。

「佐倉さん」

「うん」

滝が目配せをして言うと、向かいに座った女性、すなわち佐倉が頷いた。

基本寡黙とはいえ、普段滝が佐倉と共に来店するときには少し話しながら——ときどき猫たちも交えて話しながら食事をする。

しかし、今日の二人は早々に席を立った。

「ごちそうさまでした」

レジに歩いてきた二人を見て、もう帰るのかと佐々木は驚いた。

同時に、察した。

おそらくは気遣《きづか》いだ。まだ後に待っている客がいることを考えて、テーブル席を空けようという気遣い。

「今日はあわただしくてごめんね～」

会計を終えた二人に佐々木が小声で謝ると、佐倉は手を振りながら笑う。

「ぜーんぜん気にしてないよ！　むしろ嬉しい。大好きなお店が大繁盛してるんだもん」

そう語る佐倉は、言葉通り心の底から嬉しそうだった。

いつだか彼女はこの店が潰《つぶ》れたら困ると心配してくれていたが、今の『ラーメン赤猫』はそんな想像もできないほどに賑わっている。

二人を送り出してから、佐々木は入れ替わりに次の客を入れようとした。

「お次の二名様～！」

先頭で待っていた客たちを中に招き、引き戸を閉める。

すると案内を終える前に、誰かが店の入り口の戸を開けた。

「あ、お客さま～、ただいま満席で……」

断りかけて、佐々木は入ってきたのが誰かに気がついた。

「遅くなってスンマセン！　修理に来ました！」

汗だくで駆けつけてきたのは、城崎だった。

「ありあとやしたー！」

「ありがとうございました〜！」

最後の客が帰るのを見送る声が、『ラーメン赤猫』の店頭に響く。

道の先に誰も見えなくなってからサブはひょいひょいと店先の柱を登って、かかっているのれんを下ろした。

「よし」

青いのれんを畳み、サブは店内に戻る。

同じようにハナも店先に出てきて、看板を抱えて中に戻った。

「つ……」

溜《た》め込《こ》んでいたものを吐き出すように、ハナは大きく脱力する。

「つかれたぁ〜っ」

「やりきった……」

サブも大きく肩の力を抜いて、フラフラ歩いた。

店内の椅子の上ではジュエルが寝そべり、口を開けて放心状態になっている。

「普段の倍ぐらい喋《しゃべ》った気がするっス……」

「わたしも〜」

脇を通り過ぎながらハナが同調し、別の椅子に座って壁にもたれかかる。

赤猫スペシャルへの誘導、サービスデーの説明、やってきた客との会話……ホール担当の猫たちは、本当に倍ぐらい喋っている気がする。

もちろん、普段以上に忙しくて仕方なかったのはホールだけではない。

「今日一日で尋常じゃない量の卵載せたっスね……」

「私も、もうどれぐらい洗い物したか記憶にないです」

サブが遠い目をし、まだ洗い物を続けている珠子は苦笑する。

今日一日でいったいどれだけの注文を捌いたのだろう。あとで注文履歴をちゃんと確認したら、とんでもない数字が出てくるかもしれない。

製麺室の戸がガラガラと開いた。

「みんなお疲れさま〜。ほどほどで休んで大丈夫だからね」

姿を現したのは佐々木だ。その後ろにクリシュナも続く。

ふたりは城崎に修理してもらった製麺機がちゃんと動くかどうか、改めてその確認を行っていた。

「ハナちゃん……」

「あ、クリシュナ。どう？　製麺機直ってたー？」

「うん」

　クリシュナが安心した表情で頷いた。

「全部ばらして開けないといけなかったり、買い替えないといけないような故障じゃなかったって」

　なんとか今日の営業時間中に間に合わせて来てくれた城崎は、てきぱきと修理を終えてからまたあわただしく帰って行った。

　お礼にラーメンでも、と思ったのだが、それはまたの機会になりそうだ。

　サブがしみじみ言う。

「いやー、ホント、なんとかなってよかったっス。一時はどうなることかと」

「最後の方は麺も少なくなって結構ピンチだったたし、城崎くんが急いで来てくれたおかげで助かったね……」

「ですね……」

　佐々木とクリシュナも同意する。

　多忙な中とにかく早く前の予定を終わらせ、『ラーメン赤猫』に駆けつけるための時間の空きを作って来てくれた城崎。

　そのおかげで営業中に製麺機でいくらか麺を作り足すことができた。

「ああ。今日もお客さんたちにだいぶ助けられちまったな」

調理台の片付けをしていた文蔵がぼそりと言った。

皆異論はなかった。大なり小なり、それに心当たりがあった。

店のことやメニューのことを、他の客に広めようとしてくれる人たち。

ルールやマナーを守り、他の客も気持ちよく過ごせるように協力してくれる人たち。

いろいろな形で『ラーメン赤猫』を守ろうと奔走《ほんそう》してくれる人たち。

「サービスデーは、日頃の感謝をお客さんに伝える日のつもりだったんだが……」

そう言いつつも、文蔵の表情は悪いものではない。

この店にはお店のことを想《おも》う素敵な客たちがたくさんついていて、支えてくれている。

「今日のこと、明日からの営業にも活かしていくぞ」

文蔵が呼びかけると、「にゃー!」の掛け声が店に響いた。

エピローグ

男が同僚たちと揃《そろ》って『ラーメン赤猫《あかねこ》』に行くことになったのは、偶然だった。仕事帰りにたまたま店を発見してからしばらく経ち、そろそろあの店の味が恋しくなってきた。

猫たちの接客をもっと見てみたい。

この間は可愛《かわい》い白猫にメニューを説明してもらったが、他の猫たちも気になる。

そういうわけで、彼は再び仕事帰りに『ラーメン赤猫』を訪れようと考えた——そしてせっかくなので、誰か誘おうと考えた。

「猫のラーメン店？」

「そう。お前、猫好きだろ。どう？」

昼休憩中に職場で、猫が好きだとわかっている同僚に声をかけてみる。

するとそこに割り込むように、後輩のひとりが話に入ってきた。

「あ、それもしかして赤猫って店じゃないスか」

「知ってんのか？」

「ハイ。前に行ったことあります。いいスよねあそこ。また行こうかなー」

身近な人がすでに知っていたことに衝撃を受けたものの、男はすぐにそれもそうか、と納得した。

あれだけいい店なのだから、知っている人は知っていて当然だ。

「ふぅん。なんか、二人から立て続けにイイって聞くと、気になるな」

最初に誘った同僚が興味を惹《ひ》かれたように言って、よし、と頷《うなず》く。

「せっかくだし今日帰り行ってみるか」

「お！　マジすか。自分もお供したいです」

後輩まで乗ってきて、こうして三人で『ラーメン赤猫』を訪れることに相成ったのだった。


「いらっしゃいませ〜」

「三人です」

その日の終業後、『ラーメン赤猫』を訪れた男たちを出迎えたのは、先日男を感心させた温厚そうなハチワレ猫だった。

「三名様ですね〜。奥のテーブル席へご案内します」

流れるように店の奥へ誘導するその猫や、カウンターで忙《せわ》しなく動く黒猫を、男の同僚が驚いた顔で眺める。

「本当に猫がやってる……」

「驚くよな。俺も驚いた。多分みんな最初は同じ感想持つんじゃないか」

男は苦笑しながら、先に歩いた。

席に着いてすぐ、今度は灰色の長毛猫がトレーに載せた三つのコップを運んでくる。見事な連携だ。

「お水お持ちしました～」

「おっ、ありがとう」

男たちは水を受け取って、各々《おのおの》注文をした。

オーダーが通るときのあの鳴き声で返す仕組みは、何度聞いても癒される。

「毛の長い猫もいるんだな。換毛期とか大変そうだ」

戻っていく猫たちの背中を見て呟《つぶや》く男の向かいの席で、後輩が床を見た。

「でもこの店、抜け毛の一本も落ちてるの見たことないんスよね。相当念入りにブラシかけてるんでしょうね～」

「お前、さては俺たちと来るより前に結構この店通ってないか？」

「ハハ……何回かっスよ」

　ごまかすように笑って、彼は話題を逸《そ》らした。

「そういやここ、猫だけじゃなくて虎《とら》もいるんスよね」

「そうなのか？」

「ほら、あれ」

　指さされたのは壁の虎打麺《とらうちめん》のポスターだった。

　全面に大きく、麺を打つ虎の写真が使われている。

「あのポスターの虎ってイメージ画像とかじゃないのか」

「自分見たことありますよ。普段はたぶん裏にいるんスけど、騒いで仕方ない客がいたときに出てきて相手を一喝してました。すげーかっこよかったです」

「へぇ……」

　それは見てみたい気もするが、話を聞く限りは裏方なのだろう。

　いつか会えたらラッキーぐらいの感覚でいようと男は考えた。

「おまたせしました〜」

「おっ」

　しばらくして、先ほど注文を取ってくれたハチワレ猫と長毛猫が、三人の注文したラーメンを持って歩いてくる。

「チャーシューメン、しょうゆラーメン、スペシャルです」

どん、どん、どん、と男たちの前にどんぶりが置かれる。

全員異なる注文をしたのに、猫たちは迷いなく正しい客の前に正しいラーメンを置いた。

注文を取ったときのことを正確に記憶しているらしい。

「ごゆっくりどうぞ～」

にこやかに去っていく猫たちを見送りながら、男はしみじみと言った。

「すげぇよな……あれ」

「すごいっスよね……ホント」

「なんだ。お前ら来たことあるわりには初めて見たみたいなリアクションするじゃん」

「何度見ても新鮮に驚くってことだよ」

同僚に茶化されて、男は軽く反論する。

そして箸《はし》を取った。今日の男の注文は赤猫スペシャルラーメン、さっき知ったことだが本物の虎が打った麺の使われたメニューだ。

「じゃ。虎さん、いただきます」

男は手を合わせた。「なんだそれ」とまた同僚にからかわれたが、気にせず麺を口に運ぶ。

ズルズルッと啜《すす》れば、舌触《したざわ》りの良いつるりとした麺を感じた。

「うん、うまい」

先日のしょうゆラーメンも美味だったが、これもまた違った良さがある。

「あと……スペシャルはとにかくトッピングがたくさん載ってるんだよな」

男は口元を思わず緩めながらどんぶりを見下ろした。

全部で七種ものトッピングが、見栄《みば》えもよく盛り付けられている。

ワンタンは麺と同じくつるりとして喉越《のどご》しがいい。

通常の厚みでも充分美味《おい》しかったチャーシューは厚切りになっていて、より鴨《かも》の脂《あぶら》の旨《うま》みを感じる。

さらには炒《いた》め野菜に、鰹節《かつおぶし》に、そぼろ。

素材の癖が強そうな具が載っているにもかかわらず、味の均衡《きんこう》はまったく崩れていなかった。

「うまい……」

男はもう一度言った。

男は食リポを専門とした記者でも、レビュアーでもない。

だから気の利《き》いたコメントは浮かばなかったが、「うまい」という事実は間違いないと感じた。

「ですねー」

「マジだ。これはガツガツいける」

横目で見ると、連れてきた二人も満足しているようだ。

男は安堵《あんど》した。

和《なご》やかな空間、くるくる働く猫たち、美味な食事……以前男が思ったのと変わらず、疲れを癒す空間がそこにはあった。


「ごちそうさまでした」

やがて食べ終わった男たちは、席を立った。

全員すっかり夢中で、スープの一滴も残さず平らげていた。

「いやーおいしかったスね」

「うん。いい店教えてもらったわ」

同僚に肩を叩かれて、男は照れ笑いした。

それを隠すようにさっさとレジへ向かい、財布を出す。

エピローグ

「お会計お願いしまーす。あ、今日は付き合ってもらったし、俺が奢《おご》るから」

「え、いいんスか？　あざーっす」

「ありがとな。今度また奢るわ」

「いいからいいから。先出てて」

　小さな店の入り口はすぐに詰まってしまう。初めて訪れたとき、中から出てきた客と男がぶつかったように。

　レジ前で溜《た》まらないように、男は連れを先に送り出して会計を済ませた。

「ありがとうございました～」

「ありあとやしたー！」

「またお越しくださいにゃ～ん！」

　店を出ていく一瞬、調理場にいた茶トラ猫と目が合う。

「あ」

　男は思わず立ち止まってしまった。

　茶トラ猫は身軽な動きでカウンターまで出てくると、丁寧にお辞儀した。

「ありがとうございました。またお待ちしてます」

「……ハイ」

初めて会話をした。会話というほどのものではないかもしれないが。

あの温かく美味《うま》いラーメンを作っている猫からの挨拶《あいさつ》は、気持ちの良いものだった。

「また来ます」

男は微笑《ほほえ》んで、青いのれんをくぐった。

初出
ラーメン赤猫 本日も接客一番!——書き下ろし

ラーメン赤猫
本日も接客一番!

2024年10月9日　第1刷発行

著者
アンギャマン・郁島青典

装丁　石山武彦(Freiheit)
編集協力　長澤國雄
担当編集　福嶋唯大
編集人　千葉佳余
発行者　瓶子吉久

電話
【編集部】03-3230-6297
【読者係】03-3230-6080
【販売部】03-3230-6393
(書店専用)

発行所 株式会社　集英社
〒101-8050
東京都千代田区一ツ橋2丁目5番10号

印刷所
大日本印刷株式会社

Printed in Japan　978-4-08-703550-6　C0293　検印廃止